Sitä on liikkeellä

FSC
www.fsc.org
MIX
Paperi vastuul -
lisista lähteistä
Paper from
responsible sources
FSC® C105338

Kaarina de Wolff

Sitä on liikkeellä

Novelleja

Books on Demand GmbH, 2019

Sitä on liikkeellä

Kansi: kirjoittajan oma piirros

Kustantaja: BoD- Books on Demand, Helsinki,Suomi

Valmistaja: BoD- Books on Demand, Norderstedt, Saksa

ISBN 978-952-801-796-7

Sisällysluettelo

1. Kahden kauppa 7

2. Kortit kertovat 15

3. Mopotyttö 30

4. Millan poikaystävä 46

5. Sänkypuuhia 63

6. Ensitreffit 76

7. Mopopoika 87

8. Huono päivä 102

9. Painajainen 115

10.Ammattimies 122

11.Sitä on liikkeellä 134

Kahden kauppa

Siitä oli nyt seittemän vuotta, kun se hulluus iski Artoon. Otti ja jätti Sirkan ja lähti Jatan kelkkaan. Tasan seittemän vuotta tuli nyt tammikuussa just täyteen. Joulun hän oli vielä sinnitellyt, lastenkin takia. Mutta joulultahan se päätös sitten syntyi, ehkä helpomminkin juuri silloin, kun Sirkka oli taas ollut niin hermostunut kaikesta jouluhössö-tyksestä ja sukulaisvierailuista sun muista. Jatta oli tuntunut niin helpolta vaihtoehdolta. Iloinen luonne, nauravainen.

Syksyllä se Jatta oli ilmestynyt hänen bussiinsa, esitellyt itsensä, sanonut olevansa uusi emäntä koulun keittiössä ja että hänkin saisi kunnan luvalla matkustaa koulubussissa, milloin se vain sopisi Arton aikatauluihin. Arto kun joka tapauksessa hakisi ja veisi ne kauimmaiset oppilaat sinne Metsäkylään. Niin se oli lykännyt itsensä siihen etupenkkiin, laittanut mukuloitakin välillä järjestykseen, ollut tomera ja hyväntuulinen. Hauska ihminen oli ja verevä. Oikein oli Arto piristynyt, viipynyt aamuisin suihkussa vähän kauemmin, vaihtanut paitaa tiuhemmin ja taputellut partavettäkin poskiinsa päivittäin. Matkanteko oli alkanut maistua, kun oli mukavaa seuraa. Metsäkylään oli matkaa melkein puolen sataa kilometriä, kyllä siinä ehdittiin tarinoita vaihtaa, lastenkin kuullen, mikäli ne halus kuulolla olla. Eikä se ollut kuin lokakuun alkua, kun Jatta sitten ker-

ran siellä talonsa edustalla, ikään kuin pääte-
pysäkillä, kutsui Arton iltapäiväkahville, oli kuu-
lemma leiponut edellisenä iltana ja poikansa kuu-
lui olevan jossain riennoissa. Niin, Jatalla oli se
poika, se oli sellainen peräkammaripoika, ikävä
kyllä. No ei nyt silleen, ei ihan peräkammarin
poika, niin kuin niitä pilkattiin. Olihan Tanelilla jo
harjoittelupaikka kirkolla, vanhusten talolla.

Niin siinä sitten kävi. Arto oli ollut sitä mieltä,
että Sirkka sai vain syyttää itseään. Kun oli niin
usein huonotuulinen ja takakireä, liekö sillä jo
vaihdevuodet tehneet tuloaan. Sirkkahan lähes
tyi jo viittäkymmentä, oli kolme vuotta Artoa van-
hempi. Lempi oli muuttunut vastentahtoiseksi
velvollisuudeksi. Yhä useammin oli sitä niin sa-
nottua päänsärkyä. Ja ruoanlaitossakaan se ei
pärjännyt Jatalle, ei alkuunkaan.

Lentopalloharjoitusten jälkeen oli kavereit-
ten kanssa joskus saunassa naureskeltu, että

josko vaimo kannattaisi laittaa vaihtoon, että jos nuoremman ottaisi tai vaikka kaksi. Mutta kun hän sitten muutti Metsäkylälle Jatan tykö, vaihtuivat puheet ja naureskelut umpimielisyydeksi. Arto ei tiennyt, mitä porukka oikein ajatteli, enää ei naureskeltu, oli hymy hyytynyt. Sirkka oli tainnut jo syksyllä kuulla vihjeitä, mukulat olivat vissiin kotonaan kertoneet, että niin oli hauskat jutut kuskilla ja keittäjällä. Joku räkänokka oli kai ollut keksivinään, että siinä jotain teerenpeliä harrastettiin, eihän sitä muuta tarvittu, kun tieto levisi. Sirkka ei kysynyt mitään, ennen kuin oli pikkujouluaika. Kun hän teki siinä lähtöä kouluviraston juhliin, jonne hänetkin ja pari muuta, tavallaan ulkopuolista, oli kutsuttu, se sanoa töksäytti, että varmaan menee myöhään, kun kierrät sieltä sen Metsäkylän kautta, niin kuin tapoihis kuuluu. Jotain sellaista se sanoi, ei Arto nyt enää ihan tarkkaan muistanut, muisti vain, että meni siinä vähän luu kurkkuun, ei osannut oikein mitään järkevää vastata.

No mutta siitä oli jo aikaa. Alku oli ollut hankalaa, vaikka rakkautta oli riittänyt. Tallinnan laivoilla käytiin tanssia renkuttamassa, aina se sinne halusi ja mikäs, saihan sieltä mukavasti lastin tuotua vapaailloiksi. Ja oli se peittokin heilunut ihan eri tahtiin kuin Sirkan kanssa, täytyi myöntää. Jatta oli sen verran nuorempikin, alta neljänkymmenen. Sirkka oli kyllä suuttunut niin maar pahanpäiväisesti ja puhunut myös lapset puolelleen. Joni oli murjottanut alkansa, mutta suostunut sitten tulemaan ihan kyläänkin. Ella sen sijaan oli jaksanut nipottaa, oisko siinä mennyt ihan parikin vuotta, ettei tahtonut hänelle paljoa puhella. Että siinä mielessä raskasta aikaa. Kun oli sitten olleet ne ylioppilasjuhlat, niin, olihan siinä ollut sovittelemista. Ei sinne ollut Jattaa kutsuttu, mutta hänenhän sinne oli kuitenkin pitänyt mennä. Tytön takia, kun Ella oli aina ollut sellainen isin tyttö. Ennen sanottiin, että kahden kauppa ja kolmannen korvapuusti. Ei se kyllä niin mennyt, koko suku siinä oli mukana. Molempien suku ja oikeastaan koko kylä. Onneksi Jatta sentään oli jo aikaa sitten eronnut, tai eihän se naimisissa koskaan ollut ollutkaan. Tanelin isä oli heti pojan syntymän jälkeen häipynyt jonnekin nevadaan. Ei välittänyt lapsesta eikä sen äidistä. Niinpä Jatta olis hänestä vissiin jotain isähahmoa halunnut pojalleen, mutta taisi olla jo sellainen aika Tanelin osalta ohi. Eikä hän suoraan sanottuna oikein siitä Tanelista tykännyt. Ei osannut tulla juttuun sen kanssa. Yritti kyllä, mutta oli ihan kuin se olis jotenkin ollut mustasukkainen äidistään. Jos sitä koetti jututtaa, se vastaili yksisanaisesti, naama kiinni puhelimessa.

Kahden viikon päästä lauantaina ne on Ellan pojan ristiäiset. Voi kiesus sentään. Taas sitä sovittelemista ja pahaa mieltä siellä ja täällä. On ollut jo tarpeeksi vaikeaa päästä edes kurkistamaan ensimmäistä lapsenlasta. Ja Jatta tietenkin tunki mukaan, josta ei Ella selvästikään tykännyt hyvää. Ei se sitä sanonut, mutta kyllähän siitä näki.

Tilanne on muutenkin alkanut maistua happamelta. Millään ei jaksa sitä kihertämista ja iänikuista vokottelua, siis Jatan taholta. Tanssimaan, tanssimaan! Just. Tässä iässä ei kyllä enää kiinnosta mokoma, eikä ne sänkypuuhatkaan enää sillä tavoin. Ei. Alituiseen kimpussa. Sirkan kanssa oli sitä tasaista menoa, sellaista se olisi edelleen, ei nyt mitään erityisen iloista meininkiä, ei liian puheliasta eikä ainakaan niitä ikuisia lemmenlurituksia. Semmoista tasaista, tämän ikäiselle miehelle sopivaa. Saisi rauhassa vanheta. Liekutella tyttärenpoikaa, opettaa onkimaan.

Lentopalloharjoitusten jälkeen saunassa saa sentään rentoutua. Mutta jos jollekin tulisi mieleen kysyä, jotta kaduttaako, niin Arto vastaisi että ei, ei tippaakaan. Ikinä ei myöntäisi.

Kortit kertovat

Reetta tarkisti, että bussikortti oli, puhelin oli ja avaimet. Missä avaimet? Voi luoja, aina niitä sai etsiä ja tietenkin viime tipassa. Hupparin taskussa eilisen lenkin jälkeen, sielläpä tietenkin.

Ulkona oli pantava juoksuksi, takki auki hän kiri bussiin, ehti juuri ja juuri. Onneksi nämä ulko-maalaiset bussikuskit olivat ystävällisiä ja rentoja, malttoivat odottaa pysäkillä näitä maijamyöhäsiä sen puoli minuuttia.

Reetalla oli aina ollut taipumusta myöhästymiseen, hän ei osannut ajoittaa tekemisiään. Tai jos rehellisiä ollaan, ajoituksen sotki pelaaminen. Ei, ei Reetta toki pelannut rahasta. Hän pelasi rentoutuakseen, ihan vaan sitä pasianssia, jonka oli oppinut silloin takavuosina atk-kurssilla. Tai niin kuin nykyään sanotaan: it. Ii-tee. No, kyllä hän oikeastaan pelasi jo vaikeampia pasiansseja. Niin ja mahjongia. Se oli aika kiva peli. Rentouttava. Ja sitten sitä yhtä sanapeliä. Joskus tietovisaa. Aivojumppaa siis, esti dementoitumisen. Pelkästään hyväksi. Mutta enimmäkseen tuli pelattua pasianssia. Sitä paitsi pasianssihan oli yleisesti tunnettu ennustuspeli. Kysyi vain jotakin ja jos pasianssi sitten meni läpi, asia toteutui. Reetta oli kokenut sen omakohtaisesti. Ei tietenkään ihan aina, mutta tarpeeksi usein. Jo silloin ennen, kun pelattiin oikeilla pahvisilla korteilla. Joskus kyllä täytyi veivata pasianssia monta kertaa, ennen kuin se suostui ennustamaan oikein.

Ei Reetta miettinyt pelaamistaan sen kummemmin. Oliko se silloin äitynyt enemmän aikaa vieväksi, kun Viljo oli lähtenyt? Ehkä. Varmaan hän oli tarvinnut pasianssia ja mahjongia rauhoittuakseen, saanut samalla rauhassa järjestellä ajatuksiaan. Siitä, miksi Viljo oli lähtenyt. Ihan noin vain. Muuttanut sihteerinsä luo, asian oli kertonut ilmoitusluontoisesti, hyvä ettei sentään tekstiviestillä, niin kuin monella näytti nykyisin olevan tapana. "Lahdenpä sitten tästä, laitan eron vireille. Niin, jos haluut tietää, niin Annukan luo muutan, juu, Mellunmäkeen." Sitten hän vaan pakkasi tärkeimmät ja läksi. Siitä oli nyt vuosi ja kahdeksan kuukautta. Vähän yli. Patajätkä, sen päälle ruutukymppi ja tuolta ristiysi. Siinä ei tarvinnut niin hirveästi miettiä, eikä ahdistanut. Joinakin viikonloppuaamuina Reetta oli keittänyt pannullisen kahvia, istunut yöpaidassa läppärin ääreen ja pelannut. Niin ja silloin taisi pelatessa aikaa kulua tosi paljon, kun hän kuuli, että Viljo ja Annukka olivat saaneet vauvan. Heille kun ei Viljon kanssa ollut lapsia syntynyt, ei ainoatakaan niinä yhtenätoista yhteisenä vuotena. Ei edes keskenmenoa. Ei sitä sen kummemmin ollut selvitetty, ei hän ollut jaksanut. Hän kun ei niin pikkulapsista perustanut. Tai isommistakaan. Riesaa niistä vain oli, olihan hän sen työkavereistaan nähnyt. Kiukuttelua, ainaisia korvasärkyjä, tappeluita päivähoitopaikoista, huonoja numeroita koulusta, riitoja toisten vanhempien kanssa. Mutta silti, lastako Viljo olisi halunnut. Oikeasti? Olisi sitten sanonut. Olisi puhuttu. Näitä Reetta kelasi päässään. Kelasi ja pelasi. Pelaaminen auttoi.

Töissä Reetta ei tietenkään pelannut. Tai ihan joskus sattumalta, jos pomo oli kokouksessa ja oli muutenkin vähän väljempää. Silloin muutkin joskus pelasivat. Oli hän nähnyt. Oli siitä puhettakin ollut. Pienestä mahjongista tai pasianssista sai potkua työpäivään. Aivot puhdistuivat, ajatus selkeni. Kyllä se niin oli.

Reetta kiitti kauniisti tummaihoista bussinkuljettajaa. Olipa taas pelastanut hänen päivänsä, kun oli sen hetken malttanut pysäkillä jarrutella. Työpaikan lähipysäkiltäkään ei ollut enää pitkä matka, hän oli pöytänsä ääressä melkein ajoissa.

Ja ei kun heti lähetysluettelonivaska esille ja kone auki. Kaikki oli koneella, siitä ne vain laskulle, systeemi ruletti miltei automaattisesti, Reetta ei tehnyt virheitä! Kuppi kahvia viereen ja Star-Toimitus Oy:n tiedostot esiin. Olivat jo soitelleet, mutta kaikki aikanaan, kaikki aikanaan. Ennen Star-Toimitusta oli kuitenkin jotain kiireellisempää, Piian eiliset Tinder-treffit! Heillä oli tapana kokoontua Piian pömpeliin aamuisin kahvikuppeineen, siis jos ei pomo ollut hollilla, saamaan raportti edellisen päivän treffeistä. Ei Piia nyt ihan joka päiväksi niitä tapaamisiaan sopinut, oli hänellä kauneudenhoito-iltansa ja tyttö-iltansakin. He olivat jo ehdotelleet yhdessä, että Piia ilmoittautuisi Ensi Treffit alttarilla –ohjelmaan, mutta sitä Piia kauhisteli. Mitäs jos toinen on ihan eri planeetalta? Näkihän näistä pareista monesti jo ihan heti, ettei kaikki aina mätsännyt. Asiantuntijat eivät osanneet ottaa huomioon ulkonäkökysymyksiä, asuinpaikkakysymyksiä ja harrastuksetkin menivät usein pieleen.

Marjatta jo nojaili Piian pömpeliin ja tuolta tuli Anita. Voi, Piia ihan säteili. Näki, että nyt oli osunut ja uponnut! "No nyt tuntuu, että ehkä tästä jotain voi kehittyä, tää oli aika kiva..."

Pomo tuli kokouksesta, kello oli jo varttia yli yhdeksän. Marjatta kiepsahti paikalleen, samoin Anita. Reetta kumartui Piian puoleen kuin tarkistaakseen jonkin seikan. Hän oli ottanut mukaansa pari paperia. "Ai, muisteletko niin? Viitsisitkö etsiä mulle, jos löydät, muistaakseni maalis- tai huhtikuulta...", hän sanoi ääneen juuri kun pomo ohitti pömpelin. Sitten hän jatkoi kuiskaten "Kuule, mä oon miettinyt, että jos minäkin sitä Tinderiä..., katsottaisko..., et viitsis asentaa ja neuvoa. Voitaisko kattoo yhdessä? Onks sulla tänään kiire töitten jälkeen?" Tätä Reetta oli miettinyt jo jonkin aikaa ja nyt, kun Piialla näytti onnistuneen, niin hän päätti itsekin uskaltaa.

Reetalla oli kiire kotiin sen jälkeen kun Piia oli antanut pikakurssin Tinderin saloihin. Hän oli kyllä varoitellut, että Tinderistä löytyvät kaikki hänen facebook-tykkäyksensä ja paljon muutakin käyttäjän historiaa, mutta toisaalta oli sovelluksesta kyllä myös hyötyä. Piia tunsi jo muutaman Tinder-parin, kyllä sillä tavoin on mahdollista löytää se unelmien prinssi tai ainakin hovinarri. Piia itse oli nyt tyytyväinen tähän Eeroon, jota hän oli menossa tapaamaan jo toista kertaa. Ja olihan Reetta ollut jo miltei kaksi vuotta yksin, kyllä nyt oli jo aika! Piia oli oikein innoissaan paasatessaan Reetalle parisuhteen autuaaksi tekevästä voimasta. Siispä bussiin ja kotiin! Matkalla Reetta poikkesi kauppaan, piti ostaa iso Fazerin sininen seuraksi, kun hän aloittaisi Tinderin selaamisen. Pyyhkäiset vasemmalle huonot ja oikealle hyvät, näin oli Piia ohjeistanut

Kaupan kassojen edessä Reetta kiinnitti huomiota pelikoneilla pelaaviin, siinä ne seisoivat rivissä kukin koneensa edessä: vatsakas mies, nuori mies, luuserin näköinen tyyppi ja vanhempi naisihminen. Tuon saman mummelin hän oli nähnyt ennenkin! Voi ressukoita, sinne menivät eläke-eurot ja Kelan tuet, Raha-automaattiyhdistyksen ahnaaseen kitaan. Onneksi hänellä ei tuota ongelmaa ollut. Eikä alkoholi myöskään vetänyt. Joku mahjong ja pasianssi, täysin harmittomia juttuja! Aivovoimistelua.

Pelaaminen ihan unohtui, kun tuli aivoille muuta työtä. Pian oli lauantaiksi jo sovittu treffit sekä sunnuntaiksi. Kylläpä siellä nyt vilisikin näitä osumia! Piia oli ohjeistanut, että pikaisesti vain kahvilla käyt, turha tuhlata kallista aikaa. Siis tietenkin, jollei sattuisi joku positiivinen harvinaisuus kohdalle. Niin, ja ennen tapaamista ei kovin syvällisiä kannata alkaa kirjoitella. Sitten sen vasta näkee nokikkain, josko oikeasti synkkaa. Se on se olemus ja puhetapa, ilmeet ja eleet. Vaatetus, tyyli. Kyllähän se kuva nyt toki paljon kertoo, ja se, miten on esitellyt itsensä profiilissa, mutta silti. Livenä totuus vasta selviää. Vaikka kyllähän me tiedetään, että toista ei oikeasti opi tuntemaan milloinkaan, Piia oli huokaissut. Hän oli asiantuntija, jo kaksi avoliittoa takanaan, molemmista yksi lapsikin. Ja olihan sitä toki Reettakin asiantuntija, ei voi kieltää, ei ollut yhtään aavistanut, mitä Viljon päässä liikkui.

Lauantaina Reetta valmistautui hyvissä ajoin, laittoi kasvonaamionkin oikein. Hän ehti myös kysyä korteilta, tai oikeastaan siis tietokoneelta, olisiko hänen deittinsä onnistunut. Pasianssi meni heti läpi! Innoissaan hän lähti tapaamiseen kaupungille. Mutta kortit olivat ilmiselvästi erehtyneet. Kaveri oli selvästi mitoistaan, sekä pituuden että painon osalta, valehdellut profiilissaan. Ja kuvaa oli varmaan fotoshopattu, sillä totuus ei todellakaan ollut odotetunlainen. Lisäksi kaveri puhui jotain merkillistä murretta. Tai ei siis varsinaisesti murretta, mutta puheen rytmi oli selkeästi maalainen. Auttamattoman maalainen. Maajussilleko

tässä nyt morsiameks, Reetta puuskahti mieles-
sään. Siinä olisi Viljolla naurussaan pitelemistä.
Niinpä hän alkoi heti kahvikupillisen jälkeen
tehdä lähtöä, sanoi, että oli nyt muuta menoa,
että hän oli vain halunnut kiireesti poiketa saa-
maan ensivaikutelman. Kyllä, joo, vaikutelma oli
mukava, ihan totta, ilman muuta tavataan uusiks,
kirjoitellaan...Samassa hän oli jo ulkona kahvi-
lasta. Kortit olivat totta vie erehtyneet tai sitten
pasianssilla oli ihan erilainen maku kuin hänellä.

Lauantai-ilta kului sitten typerien viihdeoh-
jelmien seurassa, pelaten samalla älytrisiä ja
mahjongia. Siinä se ajatus juoksi kirkkaasti. Ne
täytyy vaan käydä läpi, siis Tinder-mätsit, näin oli
Piia ohjeistanut. Mutta onkohan tämä Tinder sit-
tenkään hänen juttunsa, ehkä kuitenkin pitäisi
laittaa joku toisenlainen deitti-ilmoitus. Joku pe-
rinteisempi. Olihan joku hänen tuttunsa joskus
laittanut pikku ilmoituksen Kaupunkisanomiin ja

vastannut joihinkin Hesarin ilmoituksiin. Mutta ehkä sellaisia ei enää ollut. Sitä piti tunkea Storyvilleen tai mummotunneliin, jos ei halunnut nettiä käyttää. Eikä hän enää sellaistakaan osannut, kun oli vain Viljon kanssa tottunut olemaan. Kai jokainen halusi sen tärkeän ihmissuhteen. Tässä iässä, kolkytseitsemän-vuotiaana eronneena rouvana, oli jo pantava toimeksi. Etsittävä se vanhapoika, vaikka sellaiset olivat yleensä tosi outoja. Toiselle kierrokselle pyrkivät, eli eronneet, olivat kyllä parempia. Jos jollakin olisi lapsikin, ei haittaisi. Ehkä hän pääsisi sitten edes viikonloppuäidiksi, kilpailemaan sen oikean äidin kanssa. Näin Reetta pähkäili samalla kun kilautteli mahjongissa pareja menemään. Hyvänen aika, jo yli puolen yön, nyt oli lopetettava, että tulisi riittävät kauneusunet huomisia treffejä varten. Vielä kuitenkin olisi tarkistettava huominen tilanne.

Reetta napautti pasianssin päälle ja totesi juhlallisesti: jos tämä menee läpi, niin huominen kaveri on se Mr Oikea. Ei mennyt läpi, annetaanpa korteille toinen mahdollisuus. Ei vieläkään mennyt läpi.

Kolmannen kerran jälkeen(sekään ei mennyt läpi) Reetta sai kuin saikin otettua itseään niskasta ja lopetettua. Pasianssi on väsynyt ja niin olen minäkin, hän totesi. Huomenna on uusi päivä.

Kello kolmeksi piti ehtiä kaupunkiin. Reetta muisti tarkistaa bussin aikataulun sunnuntain kohdalta. Joskus hänelle oli käynyt vanhanaikaisesti ja hän oli erehtynyt katsomaan bussivuoron viikonloppuna arkipäivän kohdalta. Itsensä laittamisessa tuhrautui aikaa. Joka vuosi vaan enemmän ja enemmän, hän huokasi alistuneena. Lopulta hän oli valmis. Puoli tuntia lähtöön, ei paha.

Nyt ehtisi vielä kysyä pasianssilta. Siis vielä kerran, jos menee läpi, tämä deitti on ok. Ei mennyt läpi. Mutta mutta...,olihan se eilenkin näyttänyt päinvastoin. Että muka olisi ok ja sitten ei ollutkaan. Otetaan vielä kerran varmuuden vuoksi. No nyt meni pasianssi läpi! Siis tarkoittaako tämä nyt, että ei onnistu? Ei, ei se niin voi olla, ei pasianssi voi ennustaa väärinpäin, eilen sattui vain joku moka. Tai mistä sen tietää, ehkä se maajussi kuitenkin olisi ok, kunhan siihen tutustuisi. Olihan se oikeasti insinööri ja kaikkee. Senhän voisi vaatettaa paremmin. Ehkä se on hyvä ihminen, mistä sen tietää. Ja sillä oli yksi seitsemänvuotias. Vaikkei Reetta nyt lapsista välittänyt. Ei nyt sillai.

Reetta vilkaisi kelloa, hyvänen aika, vielähän tässä ehtisi vaikka mitä. Uusi jako, hyvältä näyttää. Kunkku ja sen päälle heti rouva, mutta sotilas on otettava tässä vaiheessa eri väriä. Tuolta nelonen ja kolmonen. Jostakin syystä Reetta ei tajunnutkaan ajan kulua, ja yhtäkkiä olikin kulunut jo neljäkymmentä minuuttia! Nyt, jos juoksisi, ehkä hän ehtisi... Ei, turha toivo. Voi itku, mitenkä tämä nyt näin meni? Sunnuntai. Seuraava bussi menisi vasta puolen tunnin kuluttua ja se oli just se vuoro, joka kiertäisi ylimääräisen lenkin. Ei oo totta! Siis turha enää lähteä. Harmi. Ja tämä olisi ollut se oikea, viimeisin pasianssi oli mennyt läpi. Uusi jako. Jos menee läpi, niin saan sovittua uudet treffit tämän kanssa...

Mopotyttö

Lumentulo ei vaan lakannut. Kevät muka tulossa, maaliskuu jo pitkällä. Mutta niin vain oli aamupäivästä asti pyryttänyt, eikä loppua näyttänyt tulevan. Taivas tuprutti harmaana ja valkoisena. Aila oli kolannut pihan jo heti puolelta päivin, kun aura-auto oli käynyt ja heittänyt lumet taas valliksi pihatielle. Se Niskasen Esa, se sitä aura-autoa kuljetti tai sen poika, mikä lie keskenkasvuinen. Oli Aila yrittänyt sitä pysäyttää, oli juossut viime viikollakin pihalle, hypännyt kiireissään Yrjön saappaisiin, ne kun olivat niin isot, että sai helposti jalkaan. Eihän se kuljettaja ollut edes huomannut, kun niin tohkeissaan siinä niitä nietoksiaan auraili. Tällä viikolla Aila oli kirjoittanut asiasta kuntaan, ihan oikean kirjeen ja kunnanjohtajalle suoraan. Lumia ei pidä aurata niin, ettei pihalta pääse ulos, näin hän oli kirjeeseen laittanut. Tehkää semmoinen laki, että tulee sakot, jos auraa lumet esteiksi. Ja vielä, että vaikka ei usein ajeta pihaan, niin kummityttö käy joskus ja joku muukin, jos on tarvis. Ei se ilman kirjettä hoituisi, jos hoituisi sittenkään. Tämä uusi kunnanjohtaja ei Ailalta kovin korkeaa arvosanaa saanut. Ei ollut mitään vastannut siihenkään, kun hän oli valittanut, että kauppa-auto oli lakannut käymästä. Oli kauppias kertonut, että pitäisi täst'edes tilata ruoat puhelimella kotiin, jos ei kaupalle pääsisi. Puhelimella tai netistä. Se on sitä nykyaikaa, oli sanonut. Kännykät ja tietokoneet. Aila ei sellaisista perustanut. Kummityttö oli lahjoittanut vanhan kännykkänsä, sitä oli muka nyt käytettävä. Lankapuhelimen oli ottanut irti seinästä ja laittanut komeron ylähyllylle. Olisi kyllä halunnut viedä kirpputorille. Taikka rekvisiitaksi koulunäytelmään tai johonkin, mutta Aila ei antanut. Liekö jo katkaissut sopimuksenkin, se tytönhupakko.

Aura-auto tuskin tulisi enää toista kertaa tänne kauas. Laiskoja olivat Niskanen ja sen poika. Vai säästäneekö kunta tässäkin. Ei raskita ajeluttaa. Pakko se oli vaan kolata, muuten olisi lunta taas niin paljon, ettei pihalta pääsisi ulos eikä sisään. Saman tien Aila vetäisi kääntöpaikalta metsään vievän polun suunkin auki. Puhkui ja puhisi, mutta kola täyttyi ja tyhjeni taas penkalle, kun Aila jyräsi eteenpäin. Jos taas pakastaisi, polku olisi ummessa, eikä lunta jaksaisi millään ilveellä enää siirrellä syrjään.

Mitenkäs sitten Mimmi pääsisi metsälenkilleen. Istuisi vain kinoksen päällä naama nirpallaan ja pyrkisi takaisin sisään. Mimmi oli tottunut käymään metsässä asioillaan ja hiiriä pyydystämässä. Niitä se joskus kantoi portaalle talvellakin, oli se sellainen katti. Mutta polun piti olla auki, muuten ei ulkoilu kelvannut.

Aila oli vankkaa tekoa, kyllä hänellä voimia piisasi, sisulla painoi. Vähän siinä ärräpäät lentelivät ja hikeäkin pukkasi, mutta tehtävähän se oli. Vielä hän jaksoi tallustaa ne kilometrit kaupallekin, reppu selkään vaan ja matkaan. Ei ollut tolstaiseksi tarvinnut kännykän armoille jäädä, vaikka kauppias ihan itse oli tyrkännyt tuotelistan käteen. Siitä voisi valita ja tilata, postinkantaja toisi muun työnsä ohessa. Posti kyllä ne lumetkin loisi, ei niillä enää ollut paljon tekemistä, kun kirjeet ja muut ilmoitukset kulkivat pääosin sähköllä vai miten lie ilmojen halki omia aikojaan. Posti ja posti. Ei se kovin kummoinen juippi näyttänyt olevan, tokko sillä kola pysyisi lapasissa. Parasta se vaan oli itse lumityöt tehdä, ettei vallan mökkiinsä hautautuisi.

Hetken päästä hän puuskutti sisään. Kopisteli lumet kengistä ralliin, puisteli enimmät lumet takistakin -Yrjön peruja sekin – sekä piposta ja ripusti ne naulaan. Harmaat hiushaituvat leijuivat sähköisenä akryylipipon jäljiltä.

Yrjön paksut pässinpökkimät jalkaan, niin ei veto tuntunut. Sitten sai istahtaa ja huokaista. Emmerdaali oli pian alkamassa. Hellalla oli iso kattilallinen lihasoppaa hautumassa hiljalleen. Siitä riittäisi hänelle ja Mimmille moneksi päiväksi. Kunnon lihasoppaa, lavasta keitettyä, sipulit, perunat ja porkkanat pieniksi pilkottuina, kokonaiset pippurit ja laakerinlehdet makua antamassa. Pian voisi ottaa lautasellisen. Paikallisen leipomon reikäleivästä muutama viipale ja reilusti voita päälle. Kyllä niillä eväillä jaksaisi.

Mimmi maistoi tapansa mukaan ensin käpälästään, ennen kuin hyväksyi keiton. Kastoi käpälän kuppiin, nuolaisi, nosti sitten lihapalan kerrallaan lattialle ja söi. Vähän lientä päälle, mutta perunoille ja porkkanoille se nyrpisti nenäänsä. Varsinkaan lantusta ei tykännyt. Aila torui ja maanitteli samalla kun itse söi. Televisio oli ollut aamusta lähtien auki, oikea kanavakin päällä. Aila uppoutui Emmerdaalin maailmaan, olivat kuin omia perheenjäseniä. Ai että. Keittolautanen tyhjäksi pian, sillä Emmerdaalin seuraaminen oli tarkka juttu. Se oli se kieli, eihän Aila nyt ulkomaankieliä ymmärtänyt, ei toki, piti ehtiä lukemaan teksti. Salkkarit oli helpompi, se olikin Ailan lempiohjelma, mutta toisaalta Emmerdaali oli niin eksoottinen. Aila veti keittiön verhot ikkunan eteen. Keittiö kun antoi tielle, olohuoneesta ei tarvinnut, siellä oli pitsiset valoverhot. Läpi ei näkynyt, ei ainakaan kunnolla. Aila oli tieltä tarkistanut. Jos joku sattuisi näille kulmille, olisi se aika ilkeetä jos vaikka innostuisi sisään kurkistelemaan. Noista kun ei nykyisin tiennyt.

Salkkareitten jälkeen tuli Kokkisota. Kiva ohjelma sekin. Ei sillä, että Aila olisi mitään erityistä kokkaillut. Mitä sitä nyt itselleen ja Mimmille. Yrjö oli tykännyt ihan tavallisista, sellaisista kuin makaronilaatikko taikka perunamuussi ja lihapullat. Yrjö oli kyllä maannut haudassaan jo hyvän toistakymmentä vuotta, ja vieraita ei juuri käynyt. Kummityttö kyllä poikkesi melko usein, ihan pikaisesti. Aina sillä oli kiire, nimi johonkin ja selitystä jostain paperista. Ei Aila niitä niin jaksanut. Serkkuvainaan poika käväisi harvakseltaan. Mitäpä noista vieraista, Aila viihtyi itsekseen. Mikäs oli ollessa, lämpöä riitti ja vielä jaksoi asiat hoitaa.

Kokkisota oli aika jännittävä. Taistelivat siinä niin tohkeissaan. Juoksivat ees taas kuin ois tuli ollut hännän alla. Mainokset ensin ja sitten se alkaisi. Aila kaivoi kaapista esille suklaalevyn. Hän oli aloittanut sen eilen ja nyt voisi ottaa toisen rivin jälkiruoaksi.

Ennen kuin hän taas istahti sohvalle, hän kantoi lihakeiton ulkoeteisen lattialle. Se oli kätevä jääkaapin jatke. Samalla hän kurkisti eteisen ikkunasta, yhäkö se pyrytti. Eipä näyttänyt enää pahemmin, oliko se jo lopultakin lakannut, katulampun valossa tanssi enää harvakseltaan hiutaleita. "Hieno homma", hän sanoi Mimmille, joka tuli pyytämään ulospääsyä. "Sen kus meet, eläkä sitten oo yötä myöten, jäävyt vielä korpuks." Hän avasi oven Mimmille tietäen, että kohta se pyrkisi takaisin, istuisi ikkunalaudalla naukumassa.

Mopon pärinä kuului tieltä. Mitenkä ne tänne saakka, kääntöpaikalle? Eihän sitä talvisäällä ja tällaisella valtavalla lumimäärällä varsinkaan voinut metsän läpi painaa. Siitä kulki kyllä lumettomana aikana nuorison oikopolku. Ärsyttivät niin maar mahottomasti sillä pärinällään, mokomat mopopojat ja -tytöt. Eivät piitanneet tuon taivaallista toisten rauhasta. Halvatun koltiaiset. Siitäkin hän kyllä valittaisi kuntaan. No, mihinkä se katosi? Joko se ehti kääntyä? On ne vikkeliä, lumessa vielä ja pimeäkin oli jo laskeutunut. Onneks sentään oli aurattu katu... Aila kurkotti päätän ulommas, varjosti silmiään, ettei kääntöpaikan lamppu häikäisisi. Ei, vielä kuului pärinää, moottorin ääni. Mistä se kuului? No olkoon, nuoriso siellä vaan pelehti kunnon ihmisiä häiritsemässä. Vieläkö siellä pärisi? Äkkiä hän tajusi. Yrjön ronttoset vaan jalkaan, ne kun sai nopeammin kuin omat nauhakengät, takki naulasta, kaulaliina siitä vielä ja menoks.

Siellä se oli, hangessa. Kone kävi vielä, kunnes sammui. Ajaja oli lentänyt selästä, pyllötti siinä nietoksen päällä. Hyvänen aika, Aila toisteli mielessään liukastellessaan mopoilijan luo. Hyväinen aika, mitenkä kävi, kävikö pahasti? Varmaan on suu lunta täynnä. "Kävikö miten?" hän huohotti kavutessaan kinokselle. Hanki upotti, saappaaseen meni lunta. "Ootko hengissä? No voi hyvä Jumala, onko se kuollu, hyvä luoja, mitenkäs minä nyt..." Aila tavoitteli mopoilijaa, joka makasi liikkumatta kasvot lumessa. Musta kypärä kiilteli hämärässä. Hän kurkotteli, yritti kääntää. "Tukehuthan siä, annas kun minä, ookko hengisä? Sano nyt hyvä luoja jottain!" Aila ponnisteli ja sai vaivalla käännettyä mopoilijaa sen verran, että hengitys kulkisi, mikäli sitä henkeä vielä oli. "Tyttö! Tyttöhän se on, voi voi sentään.. Mitenkä ihmeessä sinä lapsparka nyt tänne tormasit, herranen aika sentään. Mitä ne nyt vanhempaskin sannoo?"

Aila tähyili ympärilleen neuvottomana. "Pimeäkin jo, huolissaan ovat... Ai mutta niin, pulkka, pulkka pitää hakkee, oota siinä ihan rauhassa, miä tuun ihan heti. Älä liiku, oota, oota", hän höpötti mennessään. Tyttö ei liikkunut.

Pulkka oli liiterin seinää vasten nojallaan, puiden tuomista varten. Aila nappasi sen siitä ja liukasteli takaisin tytön luo. "Voi hyvä isä, mitenkäs minä nyt sinut siitä... Auta nyt vähän, nosta vähän peppua. Yritä! Etkö pysty, etkö millään. Ootas kun miä tuosta..." Aila puhisi itselleen ja tytölle, joka ei antanut elonmerkkiä. "Voi voi, menitkö sinä nyt kuolemaan, noin nuori, tuolla tavalla tormaat lummeen, mopokin ihan tuusannuuskana varmaan... no, ootas, kyllä met siut vielä henkiin saahaan, jos luoja suo. Ootas, niska, niska pitää tukkee, se on tärkeetä..." Aila kietoi varovasti paksun kaulahuivinsa moneen kertaan tytön kaulaan. Aikamoisen puhinan jälkeen mopotyttö oli pulkassa, jotenkuten selällään, jalat ulkona roikkuen. Mimmi katseli uteliaana emäntänsä touhuja, tuli nuuhkimaankin. Hyppeli pulkan perässä, kun Aila kiskoi tyttöä pihalle. Sitten vaan napakka ote kainaloiden alta ja portaat ylös. Tyttö heräsi siinä menossa henkiin ja alkoi valitusyninän.

"Voi voi, joko siä heräsit. Käykö kipiästi? Oota ihan vähän, ei oo kuin yks porras ennää ja sitten päästään sissään!" Lopulta tyttö oli olohuoneen matolla, tyyny pään alla ja kengät poissa.

Kokkisodassa laskettiin jo loppuminuutteja. Se nyt jäi tällä kertaa, Ailan päässä käväisi. Omatunto muistutti samantien: niitä nyt tulee, kokkisotia summuita. Nyt piti selvittää, miten tytölle on käynyt. Ottaisikohan se lihakeittoa? Jospa vähän lämmittäisi, hetken mikrossa vaikka. Parin minuutin päästä Aila jo oli kontillaan lattialla tytön vieressä. Tarjosi kulhosta lihakeittoa, puhisi itsekseen: Ota nyt, saat voimia. Ota nyt pikkunen, kyllä me tästä... Kuka sitä nyt ommaansa kehhuu, mutta kyllä tämä miun keitto Kokkisoassa voittais. Aila yritti silläkin keinoin. Maanitteli! – Ei, ei se ottanut, vaikeroi vain. Niskaansa valitti ja kättään, oikeaa kättään. Olkapäätä? Vai polviko oli mennyt?

Aila ymmärsi, että nyt taisi olla ambulanssin paikka. Kyllä, kyllä se niin oli. Ja tytön vanhemmille piti soittaa. Hän kyseli tytön kännykkää. Ei sillä ollut. Soperruksesta ymmärsi, että olivat pojat vieneet. Kylällä, porukalla. Nauraneet, hän oli siitä lähtenyt, hypännyt mopon selkään, oikotietä oli pitänyt ajaa, niin Aila ymmärsi. Oikotietä, vaikka oli jo pimeää. Tyttö oli ollut hädissään ja vihainen, näin Aila ymmärsi. Tytön puhe oli sekavaa ja itkuista. Ei ressukka ollut tajunnut, että oikotietä ei ollut, ei talvella, saatikka tällaisessa pyryssä. "Voi sinnuu, voi voi, nyt pittää saaha apuva", Aila voivotteli, kun ei muutakaan osannut. Tarjosi suklaatakin, mutta ei se sitäkään huolinut. Aila muisti, että jos ei suklaa kelpaa, silloin on tosi kyseessä. Näin oli konsulentti kaupassa sanonut, se joka maistatti jotain uutuutta. Semmosta, jossa oli pippuria. Kipuja oli tytöllä, polosella, saattoi pahojakin olla, ei oikein pystynyt liikkumaan, siinä vaan pötkötti matolla yhdessä asennossa ja ynisi hiljaa. Ailan oma kännykkä löytyi piirongin päältä, Yrjön kuvan vierestä. Se päällysosa, miksi se kummityttö sitä nyt kutsui, se lasi siinä päällä, se ammotti siinä mustuuttaan. Sivusta piti nappia painaa, niin oli ohjeet annettu. Että saa valot päälle ja ne pienet kuvat. Hän kohensi lasejaan, nähdäkseen paremmin. Tuosta noin. Sivunapista. Mitään ei tapahtunut. Aila puristi puhelinta kaksin käsin ja painoi uudestaan. Ja vielä kerran, oikein ponnekkaasti. Näyttöön ilmestyi joku pieni tuherrus, mutta ei sitä, mistä voisi soittaa. Sitä luurin kuvaa. "Mitenkäs minä nyt soitan", hän mumisi. Tyttö voihkaisi lattialla. Aila keksi: naapuriin.

"Outa ihan vähän, miä meen soittammaan naapurista, kun tuo miun kännykkä taitaa olla rikki. Yritin sitä yksykskahta, mutta ei inahakkaan, ihan vaan on mustana. Oota hetki," hän touhusi. Muisti laittaa shaalin tytön peitoksi, jos vaikka paleli. Näytti ainakin tärisevän. Aila hyppäsi taas eteisessä Yrjön saappaisiin, ne kun sai jalkaan niin sutjakkaasti. Takki vain niskaan ja pipo silmille, avaimet kilisivät taskussa. Pian Aila oli jo tiellä. Liukasta tuntui olevan, eikä jäätä nähnyt vastasataneen lumikerroksen alta. "Voi kehno, kun eelleen vaan pyryttää, luulin jo, että tokeni", hän supatti itsekseen kiiruhtaessaan autioksi jääneen talon ohi. Juuri, kun hän aikoi kääntyä naapurin pihalle, jalka lipesi. Ne Yrjön ronttoset kun olivat pohjasta jo melko kuluneet. Lumi väistyi jalan alta ja antoi tilaa kunnon liukkaille. Aila kupsahti jäiselle tielle ja kumautti päänsä, niin että tähdet vain silmissä säkenöivät. Sitten pimeni. Juuri silloin se Niskasen Esan poika tulla jyräsi aura-autollaan ja heitti lumet Ailan lämmikkeeksi.

Millan poikaystävä

Lopultakin, huokasi Marjut. Lopultakin sillä on jotain vakavampaa menossa, eihän se muuten yöksi olisi tuonut. Meidän Millalla on poikaystävä! Marjutista tuntui, kuin vuoren korkuinen paino olisi poissa hänen harteiltaan. Milla oli sentään jo melkein kahdeksantoista. Viime vuonna oli kai joku ollut, näin Marjut oli ollut ymmärtävinään, mutta ei ketään ollut kotiin tuonut. Ja mitään ei ollut kertonut, vähän vain vihjaillut. Koulu ja läksyt olivat vain ne ykkösasia, ja olihan se toki tärkeää, sentään abi-vuosi menossa. Muusta tyttö ei suostunut puhumaan. Enintään uusiutuvista energioista ja muovijätteestä. Ei vaatteista, ei meikeistä, ei television mielenkiintoisista reality-ohjelmista. Edes facebookissa se ei ollut. Marjut ei ollut pojista mitään kysellyt, enintään nyt joskus vähän ohimennen. Ei sitä sopinut, ettei toinen ahdistuisi. Itse hän oli ahdistunut sitäkin enemmän, ihan huomaamattaan. Kun tuttavat kyselivät. Mitä se niille kuului seurusteliko Milla vai ei. Toiset on myöhäsyntyisempiä. Ei Milla mitenkään pahannäköinen ollut, ei ollenkaan. Hyvät piirteet, äidiltään oli perinyt. Ehkä vähän hiirulaisen oloinen, se Marjutin täytyi myöntää. Meikkiä käytti vain juhlissa ja silloinkin tuskin nimeksi. Vaatteet olivat nyt mitä olivat. Halpahallista ja kirpputorilta. Kun sitä ei kuulemma saisi kuluttaa! Mitenkä sitä työläisille töitä riittäisi, jos ei tuotteita saisi ostaa, Marjut ihmetteli. Kapitalismi ja

talouskasvu, kirosanoja Millalle. Se nyt oli sellai-
nen…, sellainen, jotenkin vähän vakava. Ja aika
ujo. Pingoksi sitä kai olisi ennen sanottu. Mutta
nyt sillä oli joku kaveri huoneessaan! Hän hiipi
Millan huoneen oven takaa varovasti takaisin
keittiöön.

"Laitetaan kahvi valmiiksi suodattimeen ja
vesi, sitten vaan napsautetaan päälle, kun ne he-
räävät. Onneksi ostin noita kroisantteja tar-
peeksi, ja appelsiinimarmeladia. Vai tykkääköhän
se laittaa vain voita päälle ja ehkä juustoa", Mar-
jut supatti Ristolle. Risto oli hiljaa, niin kuin yleen-
säkin, taisi kuitenkin nyökytellä harvakseen. "Vai
pitäiskö olla omenamarmeladia? Jos se tykkäiskin
siitä, voi harmi, ei ole. Ai mutta mansikkahilloa on
", Marjut toimitti enemmänkin itsekseen ja riensi
jääkaapin, kahvinkeittimen ja ruokapöydän väliä
niin innoissaan, ettei meinannut nahoissaan py-
syä.

Risto ei ollut ihan yhtä valmis jakamaan riemua. "Älähän nyt hötkyile, kulta, eihän se nyt vielä oo kirkossa kuulutettu, jos yhden yön on poika tytön aitassa. Ne ajat oli ennen, ne. Otetaan vaan ihan rauhassa, kulta", Risto toppuutteli.

Lopulta nuoret kömpivät aamiaispöytään, Milla vähän hämillään, poika ei millänsäkään. Ruutupaitapoika, vähän sillä parransänkeä näkyi pukkaavan. Marjut esitti parastaan, hössäsi kroisanttiensa ja kahvin kanssa. Vai teetäkö sai olla? Samalla hän salaa tarkkaili poikaa, olemusta ja käytöstä. Olihan se itsensä esitellyt, Paavo kuului olevan. Kenenkähän poikia? Eipä siinä arvannut alkaa kysellä, kyllähän hän tyttärensä tunsi. Milla oli jo rypistänyt kulmiaan, kun ensimmäinen utelias lipsahdus oli pyrkimässä vasta huulille. Tytär oli antanut ymmärtää, että antaa nyt olla, äiti. Ehtii myöhemminkin. No ehkä nyt kuitenkin sen verran, että luokkatovereitako? Ei kuulemma, ylemmällä oli ollut ja nyt oli jo heti päässyt ensimmäisellä yrittämällä tekniikkaa opiskelemaan. Samassa koulussa oltiin kuitenkin oltu. Vai tekniikkaa, oikein Aalto-yliopistossa. Pitihän se arvata, sen verran oli fiksun oloinen. Kaikki lapsellisuudet jo karsiutuneet, vaikka osasiko sitä nyt sillä tavoin arvioida. Toiset on ihan syntymäfiksuja, toiset taas ei viisastu koskaan. Marjut kyllä pystyi tarvittaessa mainitsemaan muutaman sellaisen henkilön! Risto kaatoi hövelisti teevettä - tee oli paremmin kelvannut — ja osasi sentään olla ihmisiksi. Mutta kumma hymy sille oli kasvoille jähmettynyt, voi voi, ei näyttänyt alkuunkaan luontevalta. Marjut yritti sille salaa ilmeillä, mutta eihän se tietenkään huomannut.

Paavo, Paavo... kenenkäs poika olikaan Paavo. Joku oli joskus maininnut. Voi kun muistaisi, Marjut pohti, samalla kun höpötti niitä näitä, ilmoista ja liikenteestä, tv:n Selviytyjistä. Mutta Ristopa se meni ja kysyä pamautti. Että kehtasi! Nyt Milla kyllä häpeää silmät päästään, sen Marjut arvasi. Hän itsekin häpesi. Eihän sitä tuolla tavoin sopinut!

"Jaa, että Laukkanen, näitäkö Kettusenmäen Laukkasia? Eihän vaan isäs oo kunnan rakennustoimessa? Yli-insinööri? Sen kanssa on ollut jotain projektia", Risto pokkana tiedusteli. No niitäpä kuului poika olevan. Kettusenmäeltä, yli-insinöörin poika. Koulun luontokerhossa olivat Millan kanssa tutustuneet, jo aikoja sitten. Tämä kävi ilmi, kun vähän lisää rapsutti pintaa. "Vai että luontokerhossa," Risto virnuili. "Luonto se tikanpojan...", hän jatkoi, mutta lopetti äkisti, kun Marjut potkaisi nilkkaan.

Marjut tietenkin googlasi sitten yli-insinööri Laukkasen, sehän oli selvä. Vaimokin siinä näkyi paikallislehden kuvassa, kaupunginjohtajan vastaanotolla näkyivät olevan. Hyvänen aika, kyllähän hän tuon rouvan tiesi! Hyvin säilynyt, hienostunut. Harva se päivä oli Marjut oli miltei törmännyt häneen Citymarketin hyllyjen välissä. Erikoinen, luonnonvalkoinen villakangastakki oli rouvalla usein yllään. Kaunis takki, kalliin sorttinen. Ja siihen sopiva huivi. Kyllä Marjut laadun tunnisti. Piti kyllä nyt hänenkin alkaa hieman paremmin sonnustautua ostoksille mennessä. Eihän sitä tiedä, vaikka pian sukulaisia oltais.

Ristoa hän ei vaan saanut innostumaan, mutta mies nyt oli aina ollut melkoinen vastarannankiiski. Vähätteli, kun Marjut morsiuspuku-ohjelmaa katsoessaan tuli siinä ääneen pohtineeksi, millainen morsiuspuku sopisi parhaiten Millan tyyliin, ei ottanut kuuleviin korviinsa, kun Marjut kertoi, että oli ollut vähällä jo esittäytyä rouva

Laukkaselle, kun oli vastakkain tultu. Ja miten negatiiviseen sävyyn reagoi, kun hän eräänä päivänä kertoi sitten todellakin esittäytyneensä rouvalle. "Mitäh!" Risto älähti. "Kohta varmaan kutsut ne päivälliselle!" No, niin oli Marjut itse asiassa ajatellut. Tai ainakin kahville. Kun rouva Laukkanen oli ollut niin mukava, kertonut etunimensäkin, että ihan vaan Lauraksi saa kutsua. Kyllä Riston asenne oli sitten tyly, niin suomalainen. Sulkeutunut ja kyräilevä. Marjutin mielestä näissä asioissa piti laittaa vähän kansainvälisyyttä peliin, kansainvälistä avoimuutta ja rentoutta. Sitä paitsi nuoret olivat jo seurustelleet ainakin kolme kuukautta. Toiset menee naimisiinkin ihan kylmiltään, tapaavat ensimmäisen kerran siinä papin edessä. Se on sitä nykyaikaa. Siihen Risto huomautti, että se se vasta vanhanaikaista olikin! Suoraan muslimikulttuurista kopioitu tosi-teeveehen! Marjutin täytyi myöntää, että heillä oli nuorten seurustelun johdosta jo melkein riitaa Riston kanssa. Ainakin sanaharkkaa. Mutta Milla ja Paavo eivät sellaista huomanneet. Kovasti lukivat ja pänttäsivät. Lukio ei ollut mikään läpihuutojuttu, viimeinen luokka vähiten. Ja yliopistossa ei sopinut lorvailla, piti osata itsenäisesti opiskella. Mutta onneksi he osasivat myös viettää vapaa-aikaa, kävivät luontoretkillä, osallistuivat Amnestyn tilaisuuksiin, kävivät näyttelyissä ja elokuvissa. Ja Paavo oli heillä jo tuttu näky viikonloppuisin aamiaispöydässäkin. Onneksi Risto osasi silloin käyttäytyä. Ei tiukannut opinnoista tai suvusta. Hän itse tuli kertoneeksi, että oli ihan sattumalta törmännyt Paavon äitiin ja niin maar oli heillä synkannut! Milla oli kyllä silloin vähän ilmeillyt Paavon selän takana, eikä Marjut oikein päässyt kärryille, mistä päin nyt tuuli. Ota noista nuorista nyt selvää.

Eräänä sunnuntaiaamuna, ennen kuin ehtivät pöydästä nousta, nappasi Marjut salaa kuvan nuorista. Olihan tämä nyt jotain, tyttären poikaystävä! Piti kai nyt ainakin yksi todistuskappale saada. Eikä hän melkein huomannut, että se jo aamupäivällä lipsahti facebookiin. Ihan viaton juttu, kaikki muutkin laittoivat perhekuviaan, lomakuviaan, ruoka-annoksiaan. Marjut laittoi harvoin mitään, tykkäyksiä kyllä. Mutta omasta elämästä nyt ei ollut mitään laitettavaa. Mitä jos nyt tämän kerran: tytär ja poikaystävä aamukahvilla. Tai -teellä. Ei kai siinä nyt mitään kummaa ollut.

Pakkohan sitä oli sitten tiirata vähän väliä. Huomiseen mennessä oli jo yli kolmekymmentä kaveria tykännyt, oli Maiju ja Lissu, oli Heikkisen Kaija ja Anna-Mari, Ruuskaska, Poikolaisen Villekin jopa oli. Kyllä nyt sana kulkisi, Marjut hykerteli. Ristollekin mainitsi. Sitä ei ehkä olisi pitänyt, koska Risto heti asettui poikkiteloin. "Mitä sinä nyt menit sen kuvan sinne laittamaan. Etkö nyt hyvä isä tiijä, ettei ilman toisten lupaa…".

"En ensinnäkään oo hyvä isä ja toisekseen, mitä tuo nyt haittaa, tyttö ois kumminkin kieltänyt", hän tiuskaisi takaisin. Ja eihän Milla edes ollut facebookissa. Nuorilla oli muut kanavat nykyisin. Muutenkin Milla oli sellainen tosikko, sanoi, ettei ollut eikä edes halunnut olla niitä some-ihmisiä. Mutta kyllähän Risto oikeassa oli. Ei sitä olisi saanut ilman lupaa kuvaa facebookiin laittaa. Onneksi se ei näyttänyt Milan korviin kantautuneen.

Lähestyi jo pikkujouluaika. Sehän olisi mitä mainioin aika tutustua Laukkasen perheeseen paremmin. Silloinhan kaikki pitivät jos minkinlaisia pippaloita kaiken maailman kokoonpanoissa. Tarjoamiset olivat helppoja, glögiä ja pipareita, torttuja ja pähkinärusinasekoitusta. Niin ja kahvia

tietysti, ihan vain säädyllisyyden vuoksi, näin päh-
käili Marjut itsekseen, kun hän sinä perjantaina
kiirehti City-markettiin. Varmasti Laura olisi siellä,
ehkäpä jopa miehensä kanssa. Joskus ne kävivät
yhdessä, niin kuin hänkin Riston kanssa. Jos Lau-
ralla on mies mukana, silloin hän säästää kutsun
myöhemmäksi, mutta jos on yksin, hän pyytää
kahville nyt ja esittää kutsun siellä, Marjut päh-
käili. Se tuntui järkevältä. Hän otti ostoskorin ja
asettui tarkastelemaan City-marketin kosmetiik-
kavalikoimaa. Siitä näki hyvin, ketkä tulivat kaup-
paan sisälle. Oikein hän oli arvannut, siellähän
Laura tulikin! Hän näki vaalean ulsterin lähesty-
vän käytävää pitkin. Ja yksin vielä! Nyt tai ei kos-
kaan, Marjut päätti. Antaa Lauran ensin orientoi-
tua, hän tuumi ja seurasi rouva Laukkasen etene-
mistä vähän syrjempää. Ottakoon ostoskärryn
kaikessa rauhassa ja edetköön sitten normaalia
reittiään, hän ilmestyisi sitten sattumalta eteen

jossakin vaiheessa, ennen maitohyllyä, ennen lihatiskiä.

Pahaa aavistamaton Laura Laukkanen näytti hämmästyneeltä, kun Marjut sitten pyörähti ostoskoreineen viereen hänen parhaillaan valitessa spagettihyllyltä sitä terveellisintä. Huomasiko Marjut oikein, rypistikö Laura hiukan kulmiaan, ikään kuin ei tunnistaisi. Marjut teeskenteli itsekin olevansa kiinnostunut makaroneista, mutta kääntyi sitten Lauraan päin.

"No mutta hyvänen aika, sinähän siinä olet! Pastaa ostamassa, sitähän minäkin. Nämä nuoret ovat niin tarkkoja, niille pitää olla sitä pavuista tehtyä. Ei kelpaa durumvehnä, eikä muutkaan viljat... Niin, muistathan sinä minut, teidän Paavon tyttöystävän, sen Millan äiti!"

"Ilman muuta, totta kai muistan, tietenkin, Maarithan se oli..."

”Marjut, siis Marjut, juuri niin. Tuota... tekisi mieli kahvia... et ehtisi hetkeksi istahtaa, olisi niin mukava vähän jutella, kun ne meidän nuoret niin taitavat olla vakavissaan... Minä voisin tarjota tuossa kahvinurkkauksessa...”, Marjut ei tajunnut, että Laura Laukkanen tunsi olevansa kiipelissä. Tämä yritti kyllä estellä: ”Tuota, nyt minulla ei oikeastaan... Tuota, jos toisella kertaa”, mutta Marjut pyyhälsi jo kahvinurkkausta kohti. Lauran ei auttanut muu kuin mennä perässä. Jos Marjut olisi nähnyt hänen nyrpeän ilmeensä, olisi vauhti ehkä hiljentynyt. Pian he olivat jo kahvinurkan vitriinin ääressä ja Marjut tiedusteli toisen toivomusta.

”Eihän sinun nyt tarvitse tarjota, kahvia minä vaan... ”, mutta Marjut päätti toisin: ”höpsis, nyt herkutellaan, otetaanko nuo dallaspullat, näyttävät tuoreilta”, hän nyökkäsi topakasti kassaneidille, ” nuo tuosta, onhan ne tuoreita? Ja kaksi kahvia!" Pöydässä hän alkoi vuolaasti kehua Paavoa ja todeten myös, miten hyvin nuoret sopivat yhteen. "On niillä samat arvot, olen huomannut, molemmat huolissaan maailman tilanteesta! Ilmasto ja kierrätys, tuulivoima... Laura puolestaan pyysi anteeksi ja meni heti naistenhuoneeseen, kaivellen jo mennessään puhelinta laukustaan.

Marjutkin kurkisti puhelintaan. Kas, Milla oli laittanut viestiä. Hän avasi sen ja luki: "Paavo on jättänyt minut!!!! Se on sun vikas, kun olit laittanut meistä kuvan facebookiin ja Paavo sai nyt tietää sen! Se vihaa somea ja nyt se vihaa minuakin! Se ei uskonut, kun sanoin, etten tiennyt! Mitä menit tekemään, pilasit ihanasti kaiken! Että tänks vaan." Lopussa oli kyyneleinen ja vihainen hymiö. Marjut tuijotti tekstiä. Hulluhan se Paavo on, tuollaisesta nyt suuttua. Näkee, miten kapea luonne, hyvä kun sellaisesta pääsi eroon! Että kehtasikin meidän Millan jättää, typerä nulikka.

Ilmeisesti ei erikoisen älykäs! Eikä minkään näköinen! Oikein perusinsinöörin prototyypi!

Marjut joi kahviaan hörppy toisensa jälkeen, pullastakin oli jo puolet mennyt, kun Laura palasi pöytään. "On tämä kuitenkin aika kuivaa, varmaan eilistä", hän jupisi Lauralle. "Niin, sitä minä vaan, että on ne nuoret niin ailahtelevaisia, ei sitä koskaan tiedä tuossa iässä. Meidän Millakin on niin suosittu, että ottajia riittää jonoksi asti...", Hän alkoi tehdä lähtöä, vaikka Lauralla oli vielä kahvi kesken. "Anteeksi, tajusin, että kello on jo noin paljon, minun pitää olla jo puolen tunnin päästä keskustassa. Anteeksi nyt, joudun tästä nyt pakosta lähtemään, se on tämä dementia...Oli mukava tavata, hyvää joulua, jos ei sitä ennen nähdä...", hän nousi naurahtaen ja lähti vähän turhan vauhdikkaasti. Laura jäi tuijottamaan silmät ja suu selällään hänen peräänsä.,Sen päivän jälkeen Marjut vaihtoi ostospaikakseen Citymarkettia vastapäätä olevan Prisman. Siellä oli heidän perheelleen sopivammat valikoimat.

Sänkypuuhia

Lellamarl oll puhunut puhelimessa koko matkan Kilosta Kannelmäkeen. Hellevi oli soittanut juuri, kun hän oli ollut astumassa junaan. Onneksi junassa ei ollut paljon ihmisiä, olihan nyt niin nolo selostaa siinä omia asioitaan kaiken kansan kuullen. Joillakin sitä oli tapana kailottaa kaikki omat ja naapureidenkin salaisuudet ihan estottomasti. Viime viikolla hän oli kuullut miten joku tyttö nyt oli pieniin päin, eikä isästä tietoa. Ihan nimien kanssa siinä oli rouva selittänyt koko vaunulle, vaikka asiaa tuskin olisi pitänyt edes puhelimen toisessa päässä olevalle jakaa. Ja tämä hänen ystävänsä, tämä Hellevi oli varsinainen juorutäti ja niin mahdottoman monisanainen. Leilamari jo melkein arvasi, ettei puhelusta loppua tulisi, vaikka kuinka yrittäisi. Oli kuunneltava, miten Hellevin pahin vihollinen työpaikalla oli melkein saamassa potkut ja siitäkös Hellevi olisi iloinen! Jossakin vaiheessa, kun juna oli jo lähestymässä Huopalahtea, Hellevi huomasi lopulta kysyä, millä asioilla Leilamari nyt oli liikkeellä. Ja hän oli joutunut kertomaan, ympärilleen vilkaisten ja kuiskaten, että hän oli huutanut netistä itselleen sängyn. Niin niin, sängyn. Sellaisen leveän. Ei, ei parisänkyä, herranen aika sentään, mitä hän nyt sellaisella, neiti-ihminen. Mutta satakakskytsenttisen. Ei, ei pituus, hyvä ihminen sentään, vaan leveys. Sitä tässä nyt mentiin hakemaan. Ilmoituksessa oli luvattu kuskata se perille pääkaupunkiseudulla. Leilamari todella yritti parhaansa, ettei koko vaunu kuulisi tätä noloa juttua. Hellevi oli toisessa päässä arvellut, että kyllä se voi neiti-ihminenkin parisängyn ostaa. Kato, ollaanhan me moderneja ihmisiä, hän oli painottanut juuri, kun kanssamatkustaja Huopalahden asemalle tultaessa kääntyi kiinnostuneena katsomaan, kuka se siinä sängystä puhuu. Oli joku päältä kalju ja niskan puolelta pitkätukkainen, luihun näköinen mies. Alkoholisti ja luuseri, päätteli Leilamari pikaisesti. Hän oli taitava analysoimaan ihmisiä. Kyllä tuollaisia aina sänkyjutut kiinnosti, sehän tiedettiin. Hyvä ettei hymyillyt ja tehnyt joitain eleitä ja käsimerkkejä.

Hei kuule, nyt pitää varmaan lopettaa, yritti Leilamari ja nousi ylös. Huopalahdessa oli vaihdettava junaa. Ei, en tiedä ollenkaan, millainen tyyppi. Joku mies tai ehkä pariskunta. Panu oli nimeltään, siis tämä mies ainakin. Mikä se sukunimi nyt olikaan, ei tule mieleen. Panu, vähän vihjaileva nimi, eikö? Kas, kun ei Jorma. Toivottavasti se ei yritä mitään. Tai ainahan ne yrittää, ainakin miettii sellaisia, kyllähän sä tiedät. Mut hei, soitellaanko... Leilamari kiirehti Kannelmäen junaan, joka jarrutti juuri asemalle, aikataulut täsmäsivät kerrankin. Hellevi ei ottanut kuuleviin korviinsa lopettamispuheita. Sen Leilamari olisi voinut jo ennustaa etukäteen. Kolme varttia oli lyhin aika, jossa Hellevistä selvisi. Mitä hän sen kanssa viitsi ollakaan? Mokoma räpättäjä, aina haukkumassa toisia ja niin uteliaskin. Mitä hänen sänkyasiansa Helleville kuuluivat, Leilamari puhisi mielessään, ynähdellen yhä hajamielisemmin puhelimeen. Vasta kun Kannelmäessä oli jäätävä pois junasta, Hellevi suostui lopettamaan, muistuttaen kuitenkin, että sitten puhuttaisiin, kun sänky oli toimitettu ja sen myyjä katsastettu. "Eihän sitä koskaan tiedä, näistä Panuista meinaan...", hän hyrisi vielä lopuksi.

Oven avasi reipas mies, farkuissa ja valkoisessa t-paidassa. Tavallisen näköinen, kolmenkympin hujakoilla. Hymyili, sanoi käsipäivää. Pyysi sisälle ja näytti sängyn. "Täällä makuuhuoneessa...Että tällainen tää olis." Val makuuhuoneessa oikein, eikö olisi jo voinut eteiseen raahata, Leilamari ajatteli. Mies nojasi sänkyyn molemmin käsivarsin, pompotteli jousia reippaasta. "Kato, jouset on kuin uudet, niissä on sellainen kaksoissysteemi, kestää isommankin painon, Siis sinähän et näytä paljoa painavan, mutta jos vierassänkynä vaikka..." Mitä se vihjaili, pitäiskö ihan kokeilla, sitäkö se halusi? Leilamari hymyili epävarmasti. Pääseeköhän täältä karkuun, jos se yrittää jotain. Mies jatkoi huolettomana esittelyään, lisäsi että petauspatjankin saisi samaan hintaan, ihan hyvä se on, hyvässä kunnossa siis, mutta jos ei halua tai siis haluaa uuden ... Mitäs siinä nikottelet, Leilamari tuhahti mielessään. Tahroja tietenkin, hyi, miten inhottavaa, kuka nyt toisen patjalla nukkuisi. Mitä tuolla miehellä oikein oli mielessään!

"No, jos tää kelpaa, niin eikus lähdetään viemään. Mulla on paku tuossa alhaalla parkissa. Kilossahan se oli, eli Kehää varmaan mennään, ainakin aluks." Sänky saatiin raahattua pakettiautoon, eikä se edes ollut erityisen hankalaa. Toivottavasti miehen naapurit ei nähneet, vaikka mitäpä se häntä liikutti. Ehkä tällä oli jo tietty maine tässä talossa, kuka sen tiesi. Leilamari asettui miehen viereen ja neuvoi tietä. Mies jutteli sitä sun tätä. Kertoi, että tyttöystävän kanssa oltiin muuttamassa yhteen, siks oli tullut sängyn vaihto eteen. "Pitäähän se olla vähän leveämpi, meinaan, kun olis tarkoitus siinä kahden jatkuvasti nukkua ", hän tuumaili. Leilamari hymisi samanmielisyytensä, mutta näki takana olevan ihan muita ajatuksia. Pääsee kunnolla pelehtimään, sitähän sinä siinä vihjaat. Juuri silloin mies jatkoi ajatustaan hyväntuulisesti virnistäen: "Niin, ettei tartte sohvalle mennä, kun puoliso haluu oman rauhan, mahtuu kumpikin murjottamaan omalla sängyn puolikkaallaan!" Niinpä, mutisi Leilamari ja vilkaisi miestä syrjäsilmällä. Sitten riidan päätteeksi hierotaan sovintoa jollain sänkypolskalla, hän hymähti mielessään. Kylläpä oli rivo tyyppi, koko ajan vihjailemassa. Hän neuvoi miehen Kehältä Vanhalle Turuntielle. Ajettiin Leppävaara ohi. Mies tiedusteli Leilamarin omaa tilannetta, josko tämä asusteli yksin. Hänen teki mielensä tiuskaista vastaan, että se ei nyt kuulunut ollenkaan tälle, mutta olisihan se ollut epäkohteliasta. Mutta jos hän sanoisi, että yksin hän asuu, ties mitä tämä siitä ajattelisi. Se voisi olla vaarallista, kun mies oli vielä tulossa peräti hänen kotiinsa. Sitten se olisi miehen mielestä varma, että hän eleli puutteessa ja osoittaisi halunsa korjata asian. Niinpä hän väisti kysymyksen ja sanoi, että vierassängyksi hän nyt tätä oli ostamassa. "Jaa niin, sellaiseenhan se on ihan passeli, äidille ja anopille. Ja se mielitietty on jo sitten katsottuna? "Mitä se nyt sitä jatkuvasti tinkasi? Olisi pitänyt laittaa edes yksi sormus nimettömään, kas kun hän ei tajunnut mokomaa. Hän kuitenkin naurahti ja vastasi, että noh, onhan se, jonkinlainen. Kunhan katsotaan, miten tässä... Mies tarttui siihen ja alkoi puhua, miten ne on loppujen lopuksi niin arpapeliä nämä ihmissuhteet. "Luulet, että tuossa se nyt on, se oikea, mutta sitten alkaakin tulla kaikenlaista, paljastuu se luonne. Parasta se on syynätä tarkkaan. Vaikka ei sillä, eihän se silti aina ole taattu..." Kylläpä se nyt filosofoi, varmaan ajatteli, että naiset tykkää sellaisesta, ettei siis ole ihan suoraa meininkiä. Ensin vähän leperrellään ja sitten vasta asiaan.

Toivottavasti omat naapurit eivät ole ikkunassa katsomassa, että hän tässä kantaa sänkyä jonkun miehen kanssa. Ties minkälaisia juttuja lähtee liikkeelle. Porraskäytävässä mies huomasi, että talon hissi oli sen verran tilava, että sänky mahtuisi siihen. "Kun pystyyn nostetaan, niin siinähän se seisoa törröttää kuin heinäseiväs." Siinähän se seisoa törröttää, Leilamari kertasi mielessään, heinäseiväs muka! Ihan muuta ajattelit, mokoma. Hyi olkoon, mikä tyyppi. He ähelsivät sängyn kanssa, mutta hississä oli sitten kuitenkin sen verran ahdasta, että he olisivat joutuneet olemaan ihan lähekkäin, suorastaan kiinni toisissaan. Leila-mari huikkasi hätäisesti, että hänpä juoksisi por-taat, mies ajaisi vain sängyn kanssa neljänteen kerrokseen. Mies kuitenkin päätti, että hän olisi se, joka ne portaat kipuaisi. Mene sinä sängyn kanssa hissillä, se on siinä ihan turvallisesti pys-tyssä. Vai pystyssä, vai turvaseksiä, Leilamari ju-pisi kun hissi lähti nousemaan. Ylhäällä mies oli jo vastassa, hengästyneenä ripeästä portaiden noususta. Herrajjestas, sehän jo huohottaa, mitä minä nyt teen, Leilamari ajatteli, kun he varovasti kaatoivat sängyn ja saivat sen ulos hissistä. Rapis-tellessaan oveaan auki, hän keksi.

"Matti? Matti hoi, joko tulit?" hän sanoi sisälle päästyään. "Niin joo, sen piti tulla, minun miesys-tävän. Auttamaan. Ei ole vielä näköjään, mutta ihan näillä minuuteilla pitäisi..."

Mies ei ollut kuulevinaan, tajusiko se, että hän valehteli. Mies kyseli, minne päin kannettaisiin. Leilamari neuvoi. Mies kulki edellä ja Leilamari kannatteli jälkipäätä. Kyljelleen vielä piti laittaa, että saatiin kulman ympäri. Leilamarin makuuhuoneen laveri oli lähtenyt edellisenä päivänä. Veli vaimoineen oli hakenut teinilleen.

"No niin, siinähän se nyt on, vierashuoneessa, kunnon runkopatja vierassängyksi. Tuplajousituksella. Hyvä siinä on nukkua, nyt vaan petaamaan! Haen alhaalta vielä sen petauspatjan", kaveri sanoi. Tajusiko se, että tämä ei ollut mikään vierashuone. Lähtisi jo, mitä se vielä, Leilamari ehti ajatella, mutta muisti samalla, että piti maksaa. Hän kaivoi punaisena käsilaukkuaan. Maksaa sängystä... "Neljäkymppiähän se oli?" "Neljäkymppiä ja kuljetus tuli kaupanpäälle!" Mitä se vihjasi, tarkoittiko se, että kuljetuksesta pitäisi maksaa luonnossa? Onpa törkeä tyyppi.

Leilamari kaivoi lompakostaan neljäkymppiä ja tökkäsi miehen käteen.

"Nyt sitten vaan toivottelen makoisia unia uudessa sängyssä ja oman kullan kuvia, siis sen Matin kainalossa, meinaan", mies sanoi hymyillen aurinkoisesti. Vinkkasiko se silmää? Oliko se tajunnut, ettei se tullutkaan vierassängyksi? Oli varmaan, mokoma. Mitä minun sänkyasiani sille ollenkaan kuuluivat!

Illemmalla Hellevi soitti. "No? Jokos on peti puuhattu kotiin? Kaikki onnistui? Ja millainen oli tämä Panu-poika?"

"Ihan törkee tyyppi, vihjaili koko ajan. Just niitä sellaisia miehiä, joita en voi sietää. Melkein pelottava. Jos en ois ottanut etäisyyttä, ties vaikka ois kimppuun käynyt", Leilamari selvitti ystävälle tohkeissaan. "Ihan ajattelin, että hästäk miituu."

"No, kerro vähän tarkemmin, siis mitä se…?"

Ja Leilamarihan kertoi.

Ensi treffit

Viini maistui ihan pihkalle. Katin piti oikein tarkistaa pullosta, oliko siinä jotain kuusenkerkkää vai mitä. Terveysviiniä ehkä? No ei, ihan vaan oli olevinaan savignon blanc. Chilestä. Kyllähän niiden siellä luulisi jo tietävän kohtalaisesti viineistä. Mutta terveellistä kuitenkin, ainakin sielulle. Ainakin tiettyyn pisteeseen.

Katilla oli jo toinen lasillinen menossa, kun telkkarista alkoi Ensi treffit alttarilla. Onneksi

Jyrki ei ollut kotona, koska hän ei välittänyt mistään ikävistä kommenteista lemppariohjelmansa suhteen. Jyrkillä oli lentopalloilta ja sen päälle sitä mentiin oluelle. Katilla oli oma vapaailtansa treffiparien seurassa. Hän halusi porautua noiden elämään, Iidan ja Viljamin, Maaritin ja Ismon ja tietenkin noiden höyrypäiden, Sannan ja Davidin. He olisivat nyt viikkokausia Katin perhe. David erityisesti oli jännittävä tyyppi, eka ulkomaalaistaustainen tässä ohjelmassa, vai pitikö sanoa ohjelmaformaatissa. Mistähän maasta se nyt olikaan, jostain lähi-idästä. Niin komea ja kohtelias. Ne oli eri maata, ne pojat. Jos ei se hullu Sanna ymmärrä, mikä aarre sillä on kämmenellään, niin Kati kyllä tajuaisi.

Olisipa jännää, jos. Jos olisi vielä nuori tai jos olisi edes sinkku, voisi osallistua tuollaiseen. Hömpötykseen, olisi isä sanonut. Mutta isähän ei ollut sanomassa. Isälle ja Jyrkille vain urheilu oli katsomisen arvoista viihdettä. Kyllä sitä jaksettiin riehua jonkun kaukalotappelun tai formuloiden takia, huudettiin ja meiskattiin, niin että talo oli hajota. Nyt oli ihanan hiljaista, rauhallinen tunnusmusiikki oli ainoa ääni. Ei, eei! Yllättäen tuli häiriö: ovikello soi! Heti perään toisen kerran, hätääntyneesti, voimalla. Tulipaloko siellä oli, ärsyyntyneenä Kati kiirehti ovelle, sen verran vaativa oli kellon ääni. Harmi, olisi pitänyt napata tallennus päälle kaukosäätimestä. Kuka siellä oikein...? Oven takana seisoi yläkerran naapuri tyttärineen. Se musliminainen. Jostain niistä maista, Afganistanista tai Irakista, ei Kati niitä erottanut. Ja ilman huivia, joka näkyi olevan myttynä kädessä. Eikö ne mitenkään osanneet liikkua ilman sitä vaatekappaletta, varmaan tempaisisivat mukaan, vaikka oikeasti tulipalo yllättäisi. Naisen nimeä Kati ei tiennyt, näiden tulijoiden nimet olivat niin erikoisia, ei ne heti jääneet päähän, vaikka olisi esiteltykin. Tyttö saattoi olla kertonutkin nimensä, Kati ei ollut varma. Ehkä hän oli joskus hyvänä hetkenään sitä tiedustellut pihalla tai porraskäytävässä. Nainen näytti hätääntyneeltä. "Saako tulla, anteeksi?!" hän kysyi vilkaisten olkansa yli. Kati tajusi heti, että jotain oli tekeillä ja avasi oven tulijoille. Juuri samaan aikaan hän kuuli miten yläkerrassa avattiin ovi ja joku tuli käytävään. "Pian nyt!" hän sanoi tulijoille, miltei kuiskaten, "tulkaa tulkaa!" Kun tulijat olivat eteisessä, hän sulki oven mahdollisimman hiljaa.

"Mikä on hätänä?", hän tiedusteli samalla kun meni painamaan tallennuksen käyntiin. Sanna ja David siellä näkyivät olevan ostoksilla, se ihana David taisi valita Sannalle leggingsejä. Mikä häiriö, juuri kun oli hänen iltansa! Musliminainen ja vielä tyttökin, hänen olohuoneessaan, ja juuri kun Ensitreffit oli menossa! Ei Kati ollut rasisti, ei mitenkään. Hänestä oli ihan ok asua samassa talossa maahanmuuttajien kanssa, se ei häirinnyt ollenkaan. Kyllä heillä varmasti oli syynsä ollut, kun olivat joutuneet maansa jättämään. Mutta että juuri nyt häiritsivät ja juuri häntä.

"Istukaa nyt hyvät ihmiset", hän viittoili. Nainen istui varovasti heti eteisen jälkeen olohuoneen puolella olevalle pikku tuolille ja alkoi nyyhkyttää. Pyyteli huonolla suomenkielellään anteeksi moneen kertaan. Tyttö seisoi hänen vierellään, eikä tiennyt, miten päin olla. "Mikä on hätänä? No hyvänen aika, tuonko vettä tai jotain? Olis viiniäkin..." hän alkoi hössöttää, mutta tajusi samantien, että eihän nuo heikäläiset taida alkoholia nauttia. Eivät vissiin ollenkaan. Nainen sopersi jotain miehestään ja pyyteli taas anteeksi. Tyttö, ehkä toisella kymmenellä oleva, näytti aikovan sanoa jotain. Nyki äitiään varovasti. Tämä kuiskasi jotain omalla kielellään. Varmaankin kehotti tyttöä kertomaan.

Tyttö kuului olevan nimeltään Yasmin, yyllä. Vai, että oikein yyllä, ehti Kati mielessään vähätellä. Naisen nimi oli Amala. Muistan sen kamalasta, päätteli Kati itsekseen. Tytön suomenkieli sujui vaivatta, mutta hän tuntui häpeilevän asiaansa. Kati sai kuitenkin selville, että oli ollut riita, kova riita. ruokalautanen oli lentänyt seinään, kun isä oli tulistunut. Sirhan kuului olevan isän nimi. Eikö kuitenkin Muhamed, tuumi Kati, tai joku muunnelma. Sellainen hänen tietääkseen niiden kaikkien nimessä oli, muunnelma profeetan nimestä. Oli tullut taas puhe hänen lähettämisestään kotimaahan, tyttö selitti lattiaan katsoen. Varpaan kärjet tekivät pientä kieppiä hänen edessään ja villatakin reuna venyi käden puristuksessa. Joku serkku oli lähdössä kotimaahan ensi viikolla, tyttö pääsisi siinä turvallisesti mukana. Irak se maa kuului olevan. Ja mitähän varten tytön nyt piti sinne matkustaa, koulu kesken ja kaikki? Naimisiinmenoako vaiko peräti sitä kaameaa juttua, ympärileikkausta. Silpomista. Kati luuli, että vain Afrikassa oli sellainen raaka tapa. Yasmin sopersi, että äiti ei halunnut, oli naisten kulttuurikerhossa oppinut, että se oli väärin. Laitonta myös. Niin ei tehty, ei varsinkaan tytöille. Eikä Yasmin itsekään halunnut, hän tiesi, että se sattui ihan kamalasti ja sitä paitsi jotain olisi pilalla lopullisesti. Ei hän tietenkään tiennyt, mitä. Oli siitä puhuttu, siitä asiasta. Isosisko oli edelleen sillä matkalla, eikä Yasmin tiennyt, mitä sisarelle oli tapahtunut, siis täsmälleen mitä.

Isä oli tänään raivonnut. Ei, ei tämä ollut ensimmäinen kerta, ei suinkaan. Isä oli taas läpsinyt äitiä ja uhannut Yasminiakin. Äiti oli yrittänyt rauhoitella, mutta ei se tälläkään kertaa ollut onnistunut. "Meidän isä on sellainen, se vaatii koko ajan kaikkea ja on muka aina oikeassa", Yasmin toimitti jo rohkeammin. Kun isä oli ollut vessassa, äiti oli Yasminin kanssa paennut väkivaltaa porraskäytävään, soittanut paria ovikelloa, mutta ei ollut uskaltanut jäädä odottamaan, vaan oli rynnännyt kerrosta alemmaksi. Kotona olivat kuitenkin vielä pikkuveljet Ahmed ja Dahir. Ei isä heille mitään tekisi, sitä Amala ei pelännyt, mutta nyt hän ei uskaltanut mennä kotiin. Eikä viedä tytärtään sinne. Jos Sirhan vaikka kaappaisi, veisi pakolla serkulleen.

Kati kuunteli ja unohti Ensi treffit. Hän pyysi Amalaa ja Yasminia siirtymään keittiöön, ruokapöydän ääreen. Olisi kodikkaampaa. Hän keitti teetä, että olisi edes jotain puuhaa käsille. Järkyttävää, tuollaista kohtelua, tuollaista raivoa. Hänen oli pakko halata Amalia, joka jo uskalsi Katin ohjaamana siirtyä ruokapöydän ääreen. Tätäkö naapurien elämä oli? Pelkoa ja väkivaltaa. Päässä raksutti kuumeisesti. Poliisi? Turvakoti? Sosiaalitoimisto? On kai siellä joku päivystäjä. Nyt täytyy miettiä, katsotaanpa netistä, Kati sanoi ja avasi netin, googlasi, koetti erilaisia sanayhdistelmiä. Amala ja Yasmin hörppivät teetä ja Yasmin oli jo rohjennut ottaa keksinkin. Onneksi Katilla oli noita dominoita kaapissa. Ovikello soi. Naiset jähmettyivät. Kati meni hiljentämään television, jossa näyttivät Maarit ja Ismo parhaillaan istuvan psykologin sohvalla. Tuo Maarit oli melkoinen nalkuttaja, pikku asioista jaksoi. Ovikello soi toisen kerran, vaativasti. Postiluukkua kolisteltiin ja miehen ääni kyseli sen läpi Amalaa. He istuivat hiiren hiljaa. Kati hiipi ovelle ja kurkisti ovisilmästä. Hän näki Sirhanin lähtevän takaisin yläkertaan. Oli näköjään epävarma siitä, minne vaimo ja tytär olivat häipyneet.

"Kuule", Kati sanoi Amalalle, "on parasta, että minä soitan nyt hätänumeroon, sieltä ne ohjaavat eteenpäin. lähettävät apua, vaikka poliisin ja sosiaalityöntekijän." Amala vastusteli: "ei poliisia, poliisi on paha," hän sanoi. Kati sai selvää, että Amala pelkäsi Sirhanin kostavan, tiedä vaikka tappaisi. Perheen kunnia, se on se tärkein asia. Kunnia.

"Hyvä luoja, Amala. Hyvä luoja", olisiko hänen pitänyt sanoa Allah, sekö olisi tehonnut. "Onko se aina ollut tuollainen? Jo seurusteluaikana?" Siitä Amala ei osannut sanoa mitään, ei heillä mitään seurusteluaikaa ole ollut. Vanhemmat kihlasivat heidät, kun hän oli 3-vuotias ja Sirhan 5. Silloin hän näki Sirhanin, kihlajaisissa, joista hän ei todellakaan paljoa muistanut, jos mitään, ja sitten vasta uudelleen, kun heidät vihittiin. Silloin hän oli 17. "Ai", sanoi Kati. Muut sanat tuntuivat juuttuvan jonnekin. "Jaa. Että. Aikamoista. Siitä vaan naimisiin, vanhemmat valitsivat. Sopivat keskenään. Ei meillä vaan… Anteeksi, kuulostan varmaan epäkohteliaalta", Kati sekoili ja ajatteli Jyrkiä. Se nyt oli sellainen, oli mikä oli, mutta kyllä se seurusteluaika sentään oli ollut mukavaa. Aika mukavaa. Mutta että on tavattu vasta vihkitilaisuudessa! Käsittämätöntä, julmaa! Ja ei ole itse saanut valita puolisoa. Miten ne kestää sellaista elämää? "Kuule, Amala, kyllä se on nyt vaan parasta soittaa sinne yksykskahteen. Ne on asiantuntijoita, sinä ja Yasmin olette sitten turvassa. Ja ne teidän pikkupojat." Hän naputteli numeron ja hörppäsi samalla salaa kuusenkerkkäviiniään. Sitä savignon blancia. Vähän vahvistusta.

Mopopoika

Mirja on taas keittänyt liian vahvaa kahvia. Eero ei tietenkään sano mitään. Ei tänä aamuna, niin kuin ei muinakaan. Mirja ei koskaan oppisi, eikä Eero koskaan huomauttaisi. Kun Mirja menee kylpyhuoneeseen, Eero lorauttaa hanasta vähän vettä kahviinsa. Hän ei halua loukata Mirjaa. Mirja on hyvä ihminen, hyvä vaimo.

Eero istuu raidallisessa pyjamassaan aamiaispöydässä. Kylpyhuoneeseen hän menisi vasta Mirjan jälkeen, saa vaimo rauhassa laitella itsensä kuntoon. Hän kääntää lehden sivua ja haukkaa voileipäänsä, paikallisen leipomon kokojyväkauraa, terveellistä Mirjan mukaan, päällä viipale goudaa. Kulttuuriosasto, jonkun ohjaajan esittely, konserttiarvostelu. Ne Eero hyppää yli, hän jättää kulttuuripuolen Mirjalle, vaimo on tämän perheen kulttuurivastaava, niin kuin he usein naureskellen ystävilleenkin sanovat. Eero lähtee toki mielellään mukaan teatteriin ja konsertteihin, jos Mirja haluaa. Kuolinilmoitukset. Ne alkavat tässä iässä jo kiinnostaa, Eeron ikäluokkaa kaatuu kuin heinää, nuorempiakin. Harva se päivä sieltä löytyy joku tuttu tai tutun tuttu. Mirja niitä lukee, Eero ei niinkään. Huutelee sitten lehden äärestä Eerolle: Toukovaaran Kalervo näkyy kuolleen tai voi, voi, Männikön Juhani näkyy lähteneen, etkö muista, se oli siellä varastolla töissä, varmaan sama kaveri, syntymäaika näyttäisi sopivan. Mutta nyt pistää Eeron silmään kuolinilmoituksista kummallinen nimi: Edlavirkun. Eihän sellaista nimeä pitäisi olla olemassakaan! . Abzain (Aba) Edlavirkun. Syntynyt vuonna 1926 Levskissä, entisessä Jugoslaviassa, kuollut Helsingissä, näköjään ihan hiljattain. Edlavirkun, nimi, jota ei pitänyt olla ollenkaan. Mutta Eero kyllä tietää, että sellainen nimi on olemassa. Hän muistaa sen hyvin ja tasan tarkkaan.

Hän nousee, hakee kahvipannun ja kaataa lisää kuppiinsa. Olkoon vahvaa. Hän tuijottaa ilmoitusta. Abzain (Aba) Edlavirkun. Kauan jaksoit, viimein uuvuit, silmäs suljit... Oliko siinä vielä jotain jälleennäkemisen ihanasta toivosta. Aina niissä on. Suremaan jäivät Estur, Jolenza, Nimdo... Mitä nimiä ne nuo oikein on? Levski. Mikä Jugoslavia?

Sehän hajosi, siellähän ammuttiin, teloitettiin se julmuri, vieläpä kaiken kansan nähden. Ja sen vaimo. Ihan somessa, vaikkei sitä someksi silloin sanottu. Ansaitusti kuitenkin teloitettiin, jos nyt niin sopii sanoa. Mutta Edlavirkun.

Eero muistaa nimen ihan toisesta yhteydestä. Silloin 70-luvun alussa, lukion ekalla, Eero oli vielä hintelä poika. Eihän toki vieläkään mikään adonis ole, mutta vatsaa nyt on kertynyt jonkin verran. Ei pahasti, mutta kuitenkin. Pituutta ihan sopivasti, ei montaa senttiä enempää kuin silloin lukion ekalla. Joku kahdeksan, kymmenen senttiä ei olisi pahaa tehnyt, mutta hyvä näinkin. Eero on kuitenkin tiedostanut jo nuorena, että hänen ulkoinen olemuksensa ei ihan ole sitä mitä pitäisi. Tai siis mitä olisi pitänyt ja mitä hän olisi toivonut. Peilikuva ei valehdellut, ei edes nuorena. No jaa. Lukion ekalla hän oli kuitenkin aika rohkeasti uskaltanut lähestyä Heikkisen Anna-Maijaa, vaikka tämä oli heti jo alussa näyttänyt kyntensä: kympin oppilas, tuleva kuuden ällän ylioppilas. Mikä rehvakkuuden puuska se olikaan ollut? Oli ensimmäisissä jortsuissa uskaltanut mennä juttelemaan. Uusi kaveri — tai oikeastaan vanha tuttu yläasteelta, Mikkolan Vesa — oli vängännyt, että mee nyt puhuun sille, mikä mamis sä nyt oikein oot. Vesa oli ollut samalla yläasteella, mutta paremmat kaverit, ne harvat, olivat hakeneet ihan muihin lukioihin, hän oli tietenkin tyytynyt siihen paikalliseen, ei niin kummoiseksi mainostettuun. Samoin Vesa, joka tuskin olisi muualle päässytkään. Ja nyt oli tämä luokan fiksuin, Anna-Maija, yhtäkkiä melkein ollut kuin olisi kiinnostunut hänestä. Eihän se voinut olla, ei oikeasti. Joku väärinkäsitys tässä nyt oli. Täytyi olla. Tosi nätti, ihanat pitkät hiukset, vaaleat, tuulessa lentävät, kun hän oli sitä kuljettanut moponsa tarakalla. Solifer-mopo, kunnon menijä, nelitahtinen, ei mikään surkee Tunturi-luokka. Vaari oli ostanut, sillä kun oli sitä hynää.

Ja Anna-Maija, neropatti, vaalea, kaunis neropatti, se oli suostunut tulemaan tarakalle, kietomaan kätensä hänen ympärilleen, painautumaan häntä vasten, ja ne rinnat! Mikä ekstaasi, kun hän oli ajanut koululta Anna-Maijan kotikadulle, hyvä, että eteensä oli nähnyt.

He olivat pysähtyneet Anna-Maijan pihalle, Tyttö oli hypännyt mopon selästä, seissyt siinä niin söpönä, riisunut kypärän. Eero ei uskaltanut katsoa suoraan, vinottain vain, sanoja ei ollut, ei muuta kuin "nähään, moikka sitten". Hän oli revitellyt Soliferiään jo lähteäkseen, kun tyttö oli kumartunut antamaan suukon. Poskelle vain, mutta kuitenkin.

Ei hän ollut nähnyt ollenkaan, että Edlavirkun oli seissut parvekkeensa varjossa, poltellen tupakkaa, omaa, mitä lie mahorkkaansa, oliko Eero haistanut tupakin, oliko, olisiko pitänyt?

Sitten oli seurannut muutama kerta, Eero ei enää muistanut montako. Moposaattoja. Koulusta tai kioskilta. Ujo suukko poskelle. Ehkä lopulta kunnon suudelma. Kumma juttu, Eero ei muistanut. Oliko suudeltu? Sen hän muisti, että yhtenä arkipäivänä vai oliko se sittenkin viikonloppu, Anna-Maija oli pyytänyt hänet sisään. Omaan huoneeseensa. Sitä ennen oli pitänyt pokata äidille ja isälle. Äiti oli livertänyt jotain, isä oli katsonut epäluuloisesti. Huoneessa oli sitten kuunneltu levyjä, Anna-Maijalla oli Elvistä ja Connie Francisia. Ja yksi Ricky Nelson, josta se tuntui erityisesti tykkäävän. Hän ei niinkään, liian honottava ääni, mutta ei hän sitä Anna-Maijalla sanonut. Hän oli muistaakseen istunut sängyllä ja Anna-Maija lattialla. Hän ei ollut keksinyt mitään puhumista, onneksi Anna-Maija oli tökännyt hänelle levyn kannen käteen. Ehkä hän oli siitä sitten sanonut jotain. Jossakin vaiheessa Anna-Maijan äiti oli kurkannut sisään – oliko hän koputtanut oveen? – ja sanonut, että olisi ruokaa, ihan vain lasagnea. Riittäisi Eerollekin. Hän oli vastustanut, mutissut, että ei hän kyllä, kiitos, mutta hänen täytyisi… Anna-Maija oli sanonut päättäväisesti, että totta kai Eero jäisi syömään.

Ruokailu. Liian paljon yhdellä kertaa, vanhemmat, Anna-Maijan huone ja nyt vielä tämä. Istua pöydässä perheen kanssa. Eero ei vieläkään tiedostanut, missä oli vika. Hyvänen aika, lounas vai oliko se päivällinen. Mitä se nyt oli, vähänkö sitä ihmiset lounaita ja päivällisiä söi! Mutta heillä kotona ei syöty pöydässä kuin juhlapyhinä. Jokainen otti hellalta mitä äiti oli tehnyt. Lautanen kaapista ja ruokaa hellalta. Jos oli ehtinyt jo jäähtyä, sen vain lämmitti, ihan vain tuosta noin. Vaikka mikrossa. Ei äiti ehtinyt pöytää kattamaan ja ruoka-aikoja miettimään, yksinhuoltaja, aina töissä.

Anna-Maijan äiti oli tehnyt ihanan lasagnen. Paljon parempaa se oli kuin eineslasagne, johon hän oli kotona tutustunut. "Ota nyt enemmän, kasvava nuori mies", Anna-Maijan isä oli sanonut ja lapannut toisen palan lasagnea Eeron lautaselle. "Ethän sinä tuollaisella elä, hyvä mies!" Ja sitten Anna-Maijan äiti oli sanonut jotain ihan järkyttävää.

Eero huokaa ja kääntää lehteä. Turha tuota nyt on pohtia – enää. Mokoma Edlavirkun. Levätköön rauhassa. Hän kulauttaa kupista ja irvistää. Mirja tulee kylpyhuoneesta bodylotionin kanssa. "Laittaisitko selkään, pliis!" Laittaahan Eero, niin kuin muinakin aamuina. Pian Mirja on jo tiessään, makuuhuoneessa   pukeutumassa.   Huutelee sieltä, josko torille lähdettäisiin. Kun on näin kaunis aamu. "Ostettais mansikoita ja uusia perunoita, mitäs sanot? Juotais torikahvit!" Eero mumisee, että mikäs siinä. Ainakin kahvi on kelvollista, hän ajattelee, mutta ei tietenkään sano sitä vaimolle.

Oli Anna-Maijakin maininnut jo Edlavirkunista. Että se on aina kyttäämässä. Jokaista talon asukasta. Hyvähän sen on, kun asuu ekassa kerroksessa ja on aina tupakalla. Mutta että on se ihan ystävällinen, suomeakin puhuu jo aika hyvin, vaikka onkin tuollainen, sanoisko aika eksoottisen näköinen. Anna-Maija oli nimenomaan käyttänyt sanaa eksoottinen. Eeron mielestä Edlavirkun vaikutti vähän epäsiistiltä, ruokkoamattomalta. Nailonilta vaikuttava, pinttynyt kauluspaita ison vatsansa peittona, parransänki kuulsi tummana poskilla, rasvaisen näköiset hiukset, tummat, osin jo harmaantuneet. Ja ne kulmakarvat! Sellaisia harvoin näki, suomalaisilla ei koskaan. Hyvänen aika, mitenkä se oli näin vanhaksi elänyt, sehän oli silloin ollut, hetkinen, lähemmäs viiskymppinen. Heidän silmissään ikivanha. Olikohan se lopettanut sen tupakoinnin? Tai jos ne oli sitkeää sukua siellä Jugoslaviassa.

"Niin, kuulitko sinä?", touhuaa Mirja tullessaan keittiöön vaatteet yllään. Farkut ja pusero. Ihan se on vielä kohtalaisen näköinen, tämä vaimo, mutta varmasti Anna-Maija olisi ollut vielä paremman näköinen. Tai mistä sitä tietää. Ei hän ollut nähnyt Anna-Maijaa kun kerran kaupungilla monta kymmentä vuotta sitten. Hän ei ollut tervehtinyt, oli katsonut toiseen suuntaan, ikään kuin muka ei olisi huomannut. Mitä hän olisi siinä osannut sanoa? Ties, vaikka Anna-Maija ei olisi edes tuntenut enää. Se se vasta noloa olisi ollut!

Niin, olihan hän kyllä nähnyt Anna-Maijan televisiossa, itsenäisyyspäivän vastaanotolla, presidenttiä kättelemässä.

"Että jos torille? On niin hieno päivä, pitää nauttia, kun on kesä!" Mitenkä ne liittyivät yhteen, kesä ja nauttiminen, Eero ihmettelee mielessään, muttei virka mitään. Sitten hän huomaa kysyä, josko Mirja tarkoittaa, että nyt heti lähdettäisiin. Että ehtiikö tässä parran ajaa?

Suihkussa se pakosta tulee mieleen. Hän kuulee korvissaan Anna-Maijan äidin äänen. Ajatella, näin monen vuoden jälkeen, miten voikin ääni olla niin elävä. Anna-Maijan äiti oli heläyttänyt lounaspöydässä: "Voitteko kuvitella, mitä Edlavirkun sanoi minulle tänään? Se kumartui siinä parvekkeen kaiteensa yli tupakki kädessään, veti henkoset ja sanoi, että tyttökö on sitten päättänyt ottaa mopopojan. Voi herranpieksut! Niin se sanoi. Tyttökö on sitten päättänyt ottaa mopopojan! Silleen jännästi, omalla aksentillaan. Silleen tosissaan. Meinasin saada halvauksen!" Anna-Maijan äiti nauroi, isä yhtyi nauruun ja toisti kaikuna: "Ai ottaa mopopojan!" Sitten ne yhdessä päivittelivät sitä Edlavirkunia, hytkyivät naurusta. Ja Eero istui posket punottaen vilkuilleen epävarmasti vuoroin Anna-Maijaa, vuoroin lasagnea lautasellaan. Hän ei muistanut enää, miten pääsi pakenemaan sieltä. Se vei vielä monta piinallista minuuttia. Puoli tuntia, tunnin. Jälkiruoan aikana hän oli kehittänyt asiasta jo Himalajan korkuisen ongelman. Hänelle naurettiin, häntä pilkattiin. Hän oli se tarinan naurettava mopopoika. Hän ei enää kuullut, mitä Anna-Maijan äiti oli vastannut Edlavirkunille. Oliko vastannut mitään. Hän ei enää kuullut, mitä muuta pöydässä puhuttiin, ehkä ne puhuivat Virolaisesta ja Kyllikistä vai kelasivatko kenties kehätien rakentamisesta aiheutuvia liikennejärjestelyjä. Paljon ne puhuivat ja nauroivat. Mitä sanoi Anna-Maija? Nauroiko hänkin? Edlavirkunille? Ei, vaan hänelle. Hänen naurettavalle Solifer-mopolleen, hänelle, naurettavalle, tyhmälle, hintelälle mopopojalle, jolla oli seiskapuolen keskiarvo, eikä tulevaisuudesta tietoakaan. Anna-Maijaa hän ei saatellut sen koommin.

Eero nyyhkäisee, sydämestä ottaa. Hän kääntää suihkun kiinni ja astuu pyyhkeeseen kietoutuneena peilin eteen ajamaan partaansa. Peili on vesihöyrystä himmeä. Hän pyyhkäisee siihen näköalan, josta katsoo keski-ikäinen mies. Hän hieroo partavaahtoa poskiinsa. Edlavirkun ja Anna-Maija. Hän tuhahtaa niin voimallisesti, että poskeen tulee partaterästä pieni haava.

Makuuhuoneen sängyllä odottavat puhtaat alus-vaatteet, tummansiniset sukat, vastasilitetty ruu-tupaita ja farkut. "Ajattelin, että tuo paita, sinä näytät siinä niin tyylikkäältä", Mirja sanoo ovelta ja lisää eteisestä: "vakka ainahan sinä näytät." Mirja on niin hyvä vaimo.

Huono päivä

Pomo tuli kahville ihan muina miehinä. Ei se lä-heskään joka päivä ehtinyt, jotain oli aina tärkei-levinään. Mutta tänään se tuli, mukanaan iso pus-sillinen korvapuusteja. Ainakin viisitoista niitä oli, vaikka tiimiläisiä oli vain kymmenen. Pomo oli yhtä hymyä, tyhjensi rehvakkaasti pussin tarjotti-melle, kehotti ottamaan ja lirutti itselleen kupilli-sen termoksesta.

"Nämä on nyt sen kunniaksi, että Helkasta tulee sitten tiimin johtaja. Hallitus päätti tänään. Niin, että onneksi olkoon vain paljon, Helka", pomo kuulosti oikein innostuneelta. Oli selvästi puoltanut, vaikka Vellamo oli ollut varma, että pomo puhuisi hänen puolestaan ja hallitus myötäilisi. Hallitus nyt ei päätöksen päätöstä tehnyt, jos ei sillä ollut pomon tuki. Pelkkä kumileimasin, koko hallitus! Kokouspalkkiot niille kyllä kelpasi ja mukavat "tutustumis- ja koulutus"-matkat. Mutta omia aivoja ei kellään niistä ollut. Muutama oli kyllä Vellamolle vihjaillut, että asia olisi jo selvä hänen edukseen, mutta tässä sitä nyt oltiin.

Vellamolla oli täysi työ pitää ilmeensä kurissa varsinkin, kun Seppo ja pari muuta vilkaisi häntä ilmeellä, jossa Vellamo ehti nähdä sekoituksen myötätuntoa ja vahingoniloa. Kumpaakin tai jompaa kumpaa. Helkaa onniteltiin, myös hänen tietenkin oli niin tehtävä, yritettävä hymyilläkin vielä. Helka, se juonittelija, olisihan se pitänyt arvata! Kahvitauon jälkeen pääsi oman huoneen rauhaan edes hieman helpottamaan pahaa oloa, pettymystä, kiukkua.

Oli keksittävä ratkaisu, tänne hän ei jäisi happanemaan, ei missään tapauksessa tämän jälkeen ja Helkan alaiseksi. Nyt piti suunnata kohti uusia tuulia! Matille hän oli sanonut, että ylennys olisi tulossa, äidillekin vihjaillut, että asia oli jo käytännöllisesti katsoen varma. Heti ostettaisiin uusi ruokailukalusto ja lomalle lähdettäisiin. Jonnekin Kreikan saarelle, otettaisiin äiti mukaan. Voi samperi sentään, miten tyhmä hän olikaan ollut, kun oli asiasta puhunut.

Loppupäivä meni Linkedinin profiilia täydentäessä ja rekrytointifirmojen sivuja selatessa. Enää hän ei panisi tikkua ristiin tämän firman eteen. Hän ei saanut soitettua Matillekaan, ja kun tämä soitti vain kertoakseen, ettei tulisi heti kotiin töiden jälkeen, ei Vellamo silloinkaan sanonut mitään. Eikä Matti kysynyt. Sama se, nyt piti koota itsensä. Yksi nimitys, mitä hän nyt moisesta. Paremmin hän kyllä olisi siihen soveltunut, Helkahan nyt oli sellainen, kaikkihan sen tiesivät, sellainen mielistelijä ja juonittelija.

Vellamo lähti töistä edelleen hieman kiihtyneessä mielentilassa. Mitenkä ihmeessä hän nyt ei päässyt mokomasta yli. Pikku jutusta. Ihmisillä oli pahempiakin ongelmia, hänellä oli sentään kaikki kunnossa, oli työtä ja terveyttä, perhe ja ystäviä. Ei, nyt oli parasta mennä yhdelle viinille, kun kerran Mattikaan ei olisi kotona. Kioskilta pari kolme suklaapatukkaa ja sitten sinne keskustan pubiin. Siellä tuskin olisi tuttuja.

Ihan ensiksi yksi olut, kun janotti niin sen ensimmäisen patukan jälkeen. Tiskiltä iltapäivälehti kainaloon, olut toiseen käteen ja mukavasti loosiin viettämään hetki laatuaikaa. Kyllä tässä tuollaiset vähäpätöiset työhuolet hellittävät. Mitä hän nyt noita miettimään, kyllä hänen ammattitaidollaan uusi paikka löytyy alta aikayksikön.

Jahas, mitähän Nykäsen Matille nyt kuuluu? Sivulla kuusi hänestä on juttua ja seuraavalla sivulla näkyy sitten olevan kokonainen julkkisparaati! Vellamo syventyi lehteen, nakersi toista suklaapatukkaansa ja kulautti olutta silloin tällöin. Ennen kuin hän huomasikaan, olut oli lopussa. Nyt oli tehtävä päätös. Lasi viiniä vaiko kotiin? Yksi lasillinen, sen hän vielä tarvitsi. Tiskillä hän kuitenkin vaihtoi suunnitelmaa, kun lasillinen näkyi maksavan yli kuusi euroa ja koko pullo vähän toista kymppiä. Tarjouksessa. Eihän nyt ollut mitään järkeä olla ottamatta sitä pullollista! Kaksi lasia, hän vastasi empimättä baarimikon kysymykseen, vaikka tiesi vallan hyvin olevansa yksin.

Vellamo asettui mukavasti loosiinsa, kaatoi pullostaan täyden lasillisen. Hyvä ostos. Ihan kelpo viiniä, hän totesi ensimmäisen siemauksen jälkeen. Hyvä hinta-laatusuhde. Nyt lehden terveyssivut, siellä näkyi olevan juttua naisten alkoholin käytöstä. Ohoh, koskee varmaankin ikääntyneitä, niistähän on viime aikoina ollut monissa lehdissä. Mutta onneksi hänellä oli vielä aikaa eläkkeeseen, oikeastaan hän oli ihan sopivassa iässä myös työpaikan vaihtoa silmällä pitäen.

Oli menossa vasta toinen lasillinen, kun pienessä maistissa oleva mieshenkilö pysähtyi nojailemaan pöydän päähän. "Ootakko seuraa, kun sullon tuo ylimääräinen lasi tuossa? Ethän tykkään huonoo, jos vähäks aikaa istahdan tähän. Harvoin noin kaunista neitiä täällä näkee. Sopivan pyöreekin oot, en tykkää niistä ruipeloista!" Samantien mies jo istahti Vellamoa vastapäätä. Vellamo ärtyi ja pyysi miestä poistumaan.

"Kuule, minä odotan kaveria tähän ja haluun todellakin odottaa yksin. Sun seuraas ei nyt kaivata, eli voisitko poistua!"

"Tsot tsot, äläpäs nyt elämöi. Täällähän ei ole pöytävarauksia, eli et sinä oikeastaan voi tätä paikkaa varata", mutta voinhan minä lähteäkin, pitikin hakemani juoma. Hetken päästä mies tuli takaisin olutlasi kädessään. "Söpöläinen täällä yhä yksin? Ei oo kaveria näkynyt? Minäpä pidän seuraa sen aikaa", hän ilmoitti ykskantaan. Vai niin, ihan tuosta vaan.

"No mutta hyvänen aika, eikö se sana kuulunut. Tämä pöytä on nyt varattu, ja penkki, siis koko loosi. Antaa nyt vain vetää siitä!" Vellamo sanoi tiukasti ja kulautti kunnolla viinilasistaan.

"Onko noin tiukka linja? Taidat luulla suuriakin itsestäsi. Mitä sussa oikein on vialla, kun olet noin kiree muija. Et oo saanut aikoihin, vai?"

"Jumalauta, jos et nyt painu vittuun siitä", Vellamo kiivastui. Viereisestä loosista nousi päitä ihmettelemään. Vellamon teki mieli kiljua ja kiroilla heillekin. Mitä tällainen häiriköinti nyt on, ja mitä nuokin tuossa töllistelevät. Hetkessä oli baarimikko paikalla antaen ymmärtää, että moinen meno ei heidän paremman luokan pubissaan ollut soveliasta. Vellamo avasi suunsa sanoakseen, että tämä mies tässä ei suostu poistumaan, vaikka hän on kauniisti pyytänyt. Mutta ennen kuin hän ehti sanoa puolta lausetta, oli hänen röyhkeä seuralaisensa, ilmeisesti kanta-asiakas ja suosikki, selvittänyt, että rouva tässä taitaa olla liian päihtynyt, käyttäytyy aggressiivisesti, joten hänelle ei kannata tarjoilla enää. Baarimikko nappasi Vellamon edestä viinipullon coolereineen ja pyysi Vellamoa poistumaan ennen kuin täytyisi pyytää poliisit paikalle. Vellamo yritti vielä sanoa jotain, hänhän oli maksanut viinipullon, ja sitä paitsi se ei ollut hän, joka häiriköi, mutta baarimikko ei ollut kuulevinaan, vaan pysyi tiukkana.

"Sun on todellakin parasta nyt lähteä, ettei tule mitään ikävämpää seurausta. Ja tänne ei sitten kannata enää uudelleen tulla", baarimikko totesi lakonisesti ojentaen Vellamolle takkia loosin nurkasta.   Raivoissaan ja tulipunaisena Vellamo nousi lähteäkseen. Jokainen baarissa olija tuntui tuijottavan ja mies, joka oli tunkenut hänen pöytäänsä, toivotti lempeällä äänellä, myötätuntoisin ilmein hyviä illanjatkoja. Ravintolalle lähtisi tästä kyllä valitus, ehkä pitäisi rikosilmoitus poliisillekin tehdä. Käsittämätöntä! Miten tällaista voi sattua, miksi kukaan ei puolustanut? Miten noloa, miten väärin! Kerrassaan sietämätöntä. Mokomat sovinistit. Mokomat sovinistisiat! Vellamo sieppasi takkinsa baarimikon käsistä ja suhisi hampaiden välistä, että tämä ei jää tähän.

Takin hän puki ylleen vasta päästyään kadulle. Satoi hiljalleen räntää, isoja märkiä rättejä läjähteli taivaalta. Tämä se nyt vielä puuttui! Oliko säätiedotus tällaista luvannut? Lokakuu vasta puolessa välissä. Hän puhisi raivoa kaivellessaan sateenvarjoa laukustaan. Missä se oli? Sateenvarjo, hänen kallis, kevyt, kestävä sateenvarjonsa! Oli maksanut vähän toista tuhatta kruunua viime syksynä Tukholmassa, jossa hän sateen yllättäessä oli kerrankin päättänyt satsata kunnolliseen, myrskyn kestävään sateenvarjoon noiden kuuden euron katiskoiden sijaan. Vellamo penkoi laukkunsa perinpohjin, tiedostaen samalla, että varjon hän oli äsken pubissa siirtänyt laukusta penkin nurkkaan, lompakkoaan etsiessään. Ei ole totta, voi pahus. Nyt hän ei voinut mennä takaisinkaan! Oli pakko pyytää Mattia käymään huomenna perään kyselemässä. Vaikka tuskin sitä enää huomenna löytyisi mokomasta viidennen luokan paikasta.

Hän puhisi raivoa kömpiessään märkänä bussiin. Hiukset liimautuneet kasvoille, villakangastakki varmaan piloilla, mieli niin mustana, että hän pystyi ainoastaan irvistämään vastaukseksi bussikuskin iloiseen tervehdykseen ja tönimään ohi mennessään kanssamatkustajia, muka ihan vahingossa. Helka ja mokoma pubi, halpa tarjousviini ja nyt vielä parit lastenvaunut kulkuväylää tukkimassa, idiootit äidit ja niiden kakarat! Yksi kiljui kurkku suorana. "Voisitko saada tuon kullanmurusi hiljenemään!" Vellamo sanoi pidätellyn ystävällisesti tunkiessaan vaunutukkeen ohi bussin takaosaan. Ja ettei olisi vielä pahempaa sattunut, niin olihan siinä heti oikealla se taloyhtiön juoruakka, Aino. Että pitikin sattua! Onneksi oli yksi vapaa paikka vähän taaempana. Nyt kun pääsi istahtamaan kaiken tämän koettelemuksen jälkeen ja miettimään elämäänsä, huokaisemaan syvään, tuli Helka taas mieleen ja äskeinen kohtaus baarissa. Vieressä istuva nuorimies ilmeisesti kuunteli jotain typerää räppiä kuulokkeistaan ja vaunutasanteen lapsi vain yltyi itkussaan. Perhana, miten rasittavaa, mikähän tuotakin mukulaa oikein vaivaa? Elämän surkeus ja kaoottisuus? Jo tuossa iässä, onpa ikävää! Mutta totu, pentu, totu, se on vain tätä elämää, Vellamo tuhahti mielessään tuijottaen naapuri-Ainon niskaa. Sinäkin akka siinä! Helkalle hän vielä näyttäisi ja koko porukalle. Kyynel kihosi odottamatta silmäkulmaan. Nyt et ala itkeä, hän komensi itseään. Kotona vasta.

Pakko se oli jäädä Ainon kanssa samalla pysäkillä pois, ei siinä mikään auttanut, vaikka Vellamo yritti jättäytyä jälkeen. Aino huomasi hänet ja kääntyi odottamaan. Siunaili säätä ja kyseli sitten

– utelias kun oli -, mistä Vellamo tuli, kun näin myöhässä oli, että oliko ehkä ylitöitä piisanut.

"Niinhän se on, toisilla on liikaa töitä ja toisilla niitä ei ole ollenkaan! Sellainen se on tämä aika", Aino tiesi, ja Vellamo hymisi siihen hillitysti "sanopa-muuta"-vastauksensa, vaikka pään sisällä raivosi ääni, joka tiedusteli: mitä helvettiä se sulle kuuluu! Naapurukset liukastelivat tovin vieretysten, onneksi räntäsade oli lakannut ja jättänyt vain pienen kerroksen loskaa tielle. Mutta kuitenkin ihan tarpeeksi lennättämään Vellamon nurin lätäkköön juuri siinä kohdassa, jossa hän kääntyi heidän oman rivitalonpätkänsä ulkoportaille johtavalle polulle.

Painajainen

Elvi herää hikisenä. Taas se sama uni, mikä siinä oikein oli. Mitä se tahtoo sanoa? Hän vääntäytyy istumaan sängynreunalle, istuu siinä hetken raskaana säkkinä, kädet voimattomina reisillä. Jäsenet tuntuvat puutuneilta ja ylös noustessa ei voi olla huomaamatta, miten ruosteessa nämä nivelet, nämä saranat jo ovat. Reumako lie tyrkyllä osingoille, vaiko sitä tavallista, vanhuuteen kuuluvaa vaivaa. Hän laahustaa vessaan yöpaidassaan. Etumuksessa Ressun ja Jaska Jokusen kuva. Tällaista kutsutaan paituliksi, Matleena oli valistanut, kun vaatekappale oli ilmestynyt joulupaketista.

Matleena kolistelee keittiössä, on lähdössä töihin. Hän toimii laitoshoitajana kunnan sairaalassa. Kovasti sanoo tykkäävänsä, kaverit on reilua porukkaa, eivät niin hienohipiäisiä kuin osastojen hoitohenkilöt. Hän on keittänyt kahvin ja ottanut voileipätarvikkeet jääkapista työpöydälle. Elvi laahautuu keittiöön, ei sano huomenia - heillä ei ole tapana – ynähtää vain epämääräisesti ja kaataa kahvia mukiinsa. Siinäkin on Ressun kuva. Hän istahtaa Matleenaa vastapäätä, pöytä on päällystetty vaahteranlehtikuvioisella vahakangasliinalla. Sellainen on niin huoleton. Elvin hiukset ovat pörrössä, kasvot vielä unessa. Poskessa tyynyn kuva. Tyttö räplää puhelintaan.

Kajalit on vedetty, hiukset geelillä viimeistelty, tai se, mitä niistä on jäljellä. Toisella puolella ei ole tukkaa ollenkaan. Eiköhän tytär ole jo liian vanha tuollaiseen keskenkasvuisten muotiin. Mutta ei sille ole arvannut sanoa. On hän yrittänyt, mutta saanut nenilleen. Eihän tuo enää mikään tyttö ole, vaan aikuinen nainen, vanhapiika. Saisi pukeutua ja laittautua naisellisemmin, niin kuin ikäiselleen sopii. Elvi katselee tytärtään salaa, hörppää varovasti kuumaa kahviaan. Ei tainnut tulla hänestä isoäitiä. Sitten unen ääni taas kuului korvissa kumman vaativana.

"Niin taas käskytti siinä unessa", hän huokaa.

"No mitä käskytti, mikä uni se semmonen oli?", Matleena kysyy nostamatta katsettaan puhelimesta. Haukkaa samalla voileipäänsä.

"No se sama jo monta kertaa. Joku, ei siinä sitä näytetä, mutta se komentaa, että pitää vielä sanoa. Että ei mennyt oikein. Ja minä sanon ja sanon, yritän ja yritän. Ja se sanoo, että ei noin, oikein tosi vihaisena. Ei noin, vaan sillä tavoin käheästi. Meinaan jo ihan hermostua, mutta ei siinä unessa voi, on semmonen tunne, että... en minä tiijä, jotenkin sillä äänellä on valta." Elvi sekoittelee kahvia, jäähdyttääkseen, ja ottaa taas kulauksen.

"Etkö sä leipää ota? Laihdut ihan olemattomaks." Matleena vilkaisee äitiään. "Katos, ootas mä näytän sulle, tässä feisbuukissa on ihan hulvaton video..." hän tuuppaa puhelimen äitinsä eteen. Elvi tihrustaa näytöltä, autot siinä kolaroi ja joku nousee puimaan nyrkkiään.

"Jaa, sellainen, onhan tuo..."

"Teenkö mä sulle leivän?" tytär kysäisee samalla kun työntää suuhunsa viimeisen palasen omastaan.

"Ei nyt, ei vielä, kiitos vaan...otan sitten vähän myöhemmin."Tälleen heti aamusta ei tee mieli, en oo vielä ees herännyt."

"Kyllä sun äiti pitäis syödä. Muuten ei jaksa", Matleena huokaa. "Niin, sä olit siitä unesta...", hän jatkaa katse taas puhelimessa.

"Se on siitä ohjelmasta, jota me katsotaan. Lauantaisin. Siitä, missä on se kaakattaja, se Aino Irmeli."

"Aino Inkeri. Aino Inkeri Ankeinen. Se hyvä tyyppi. Sitä hokemaako sä meinaat?"

"Niin, sitä."

"Herra, ota minut jo pois?"

"No ei sitä, vaan sitä toista."

"Mitä ihmeen toista?", Matleena huokaa sisäänpäin. Äiti on sitten rasittava. Hidas ja rasittava.

Matleena nousee, vie kuppinsa tiskialtaaseen. "Pitää lähteä. Pitää olla ajoissa, Ahti on vapaalla, mulla ei oo varaa myöhästyä. Ootko varma, ettet ota leipää. Jos minä nopeesti laitan yhden?" Matleena pyyhkäisee muutamat murut vahakankaalta toiseen kouraansa ja pudottaa ne tiskialtaaseen.

"Ei ei, anna olla, jätä siihen. Minä istun tässä vielä ja nautin, kun ei tarvii herätä." Elvi jaksaa hiukan jopa hymyillä. Hyvä tytär se on, hössöttää vain joskus. "Että mikä se semmoinen simmi oikein on?" hän kysäisee sitten.

"Täh? " Matleena huudahtaa, vetäen jo pusakkaa päälleen. "Että simmi?"Puhelin on jo luiskahtanut laukkuun.

"Niin, simmi. Sitä se käskee , en osaa sanoa silleen käheesti ja jotenkin kitalaesta. Yritän ja yritän: kuuden euron simmi. Ei ikinä kelpaa. "

"Voi hallelujaa, vai semmosta. " Elvi ei näe, miten tytär pyöräyttää silmiään. "Että simmi. Oisit sanonut, että on liian kallis, viiden euron ois ehkä ok. Viiden euron simmi."

"Niin, mutta…" Elvi yritti.

Matleena huikkaa ovelta heipat ja on jo mennyt. Ehkä se kertoo illalla, Elvi ajattelee ja nousee kaatamaan kuppiinsa loput kahvipannusta. Ehkä se illalla kertoo siitä simmistä.

Ammattimies

Makoilin kaikessa rauhassa sohvalla etsien katto-
paneeleista silmiä, kun äiti tuli kaupasta. Jo pie-
nestä pitäen olin etsinyt – ja löytänyt - silmiä pa-
neeleista: vihaisia, hämmästyneitä, iloisia, kujei-
levia, epäileviä. Nyt vanhempana tein sitä enää
harvemmin, mutta nyt kun pädi oli rikki ja pleikan
olin juuri joutunut myymään toripistefiissä, ei oi-
kein ollut muuta tekemistä. Kävihän se tavallaan
meditaatiosta.

Äiti kantoi ruokakassit keittiön pöydälle, kuulin hänen kolistelevan, kun hän purki niitä. Teki mieli kysyä, mitä olisi ruoaksi, mutta sitten se olisi vain nälväissyt jotain tyyliin, ne syö, jotka tekee työtä. Ei kai ollut minun syytäni, ettei työkkäristä tarjottu mitään. Jotain siivoushommia enintään, tai varastomieheksi trukkia ajamaan. Ei ikinä, ei niillä palkoilla. Mitä järkee stressata itseään raskaissa hommissa kun parempia aikoja odotellessa toimeentulotukikin elätti. Ja äiti. Tai sitten se alkaisi taas siitä yhteishausta. Että se oli nyt meneillään. Milläs hait, kun se pädi oli sökönä! Mee kirjastoon, se sanosi. Olihan se oikeassa, olihan se. Pakko myöntää, mutta olisi senkin myönnettävä, että ei se niin helppoa ollut. Mun papereilla.

Äiti ilmestyi ovelle. "Tuus Aki auttamaan keittiöön, kun minä teen makkarakeittoa. Saat kuoria perunat ja porkkanat".

”Joo, kohta”, minä sanoin. ”Ei kun nyt, ihan heti. Olis asiaakin. Jutellaan” Voi jeesus, minä ajattelin, onneksi en ääneen. Ei sillä, että äiti olis uskovainen ollut, mutta ei se tykännyt. Väänsin itseni pystyasentoon ja menin kiltisti keittiöön. ”Missä on kuorimaveitsi?” tiedustelin. Äiti sanoi sen olevan siellä missä pitikin. Näin, että se oli ärsyyntynyt. Sitten se aloitti, pahaenteisesti:

”Kuule, tuota, ukki puhui siitä talon maalaamisesta, aikoi jonkun palkata, kun ei se itse enää jaksa. Eikä se voi enää siellä telineillä keikkua. Toissa vuonna sen venekerhosta yks tuttu oli pudonnut, eikä kävele enää. Niin tuota, minä… aattelin, että sinähän voisit sen homman tehdä. Reipas nuori mies. Sulta se ei kauaa veis.”

”No en hitossa! Ammattimiehen hommaa. Ei onnistu, ei ei, työkkäristä voi minä hetkenä hyvänsä tulla… ne lupaili. Ja se yhteishakukin, siihen pitää panostaa.

Äiti on kyllä hyvä neuvottelija, pakko se on myöntää. Vai voiko sitä nyt neuvotteluks sanoo, mutta yksinhuoltajana se on oppinut pitämään puolensa. Pian olin sitten ukin kanssa maalikaupassa jotain valttikoloreita valikoimassa ja hetikohta jo pohjustustöitä tekemässä. Piti jynssätä koko talo. Jynssätä! Ukko rapsutteli taltalla maaleja sieltä, mihin ylsi, mutta minä poika se keikuin sitten henkeni kaupalla jossain yläilmoissa telineillä. Kyllä oli meikäpojalla itku lähellä, kun ekana päivänä pyöräilin kotiin ja lysähdin puhelimen kanssa sohvalle. Tästä en nousisi ennen kuin tuomionpäivänä. Somessa oli täynnä joka tuutti, minä olin vain ehtinyt laittaa pari hullua, ukin ottamaa kuvaa minusta telineillä. Tai kyllä mä niissä aika coolilta näytin, jos totta puhutaan. Ammattimieheltä. Mutta tätä menoa tippuisin pois kaikesta, toivottavasti en sentään telineiltä.

Seuraavana päivänä aurinko oli harmikseni pilvessä, mutta sadetta ei ollut luvassa, eikä tuulta. En millään verukkeilla voinut laistaa ukin hommista, mentävä oli. Katselin korkeuksistani, kun ukki siinä köpötteli kauppaan, olin juuri aikeissa hukata perään, että toisi berliininmunkkeja, kun kulman takaa pyörähti nainen, tyttö siis, lastenrattaita työntäen. Nyt oli sanottava koulusta tutun Parkkisen sanoin: kaupungin kaunein lyyli! Vautsi, mikä mimmi. Hupparinkin alta näki, että sillä oli kunnon tissit, ei mitään AAA miinus kuppikokoa.

Se moikkasi ja toivotti työn iloa. Hyvä, etten pudonnut telineiltä, kun yritin näyttää niin huolettomalta. Ukki tuli kysymään, mitä haluaisin lounaaksi. Tilaisiko hän pitsat? Sopihan se minulle. Samoihin aikoihin, kun pitsalähetti saapui, tuli tyttö takaisin. Tällä kertaa taapero käveli rattaiden vieressä ja meno oli hidasta. Olin juuri laskeutunut maan tasalle. Taapero halusi tulla pihalle, mutta tyttö kielsi.

"Ei sinne, Daniel, siinä on oja. Kastuu. Dani kulkee tässä äidin kanssa. Joo, setä maalaa, setä maalaa taloa. Sedällä on iso urakka", tyttö selitti.

"Vai setä", minä naureskelin. Olipa nuori äiti. Alta kakskymppinen ja lapsi taisi jo olla ainakin parivuotias. Mutta toisaalta, omakin äitini oli saanut minut nuorena, olin todellakin ollut vahinko, enkä isääni ollut montaa kertaa tavannut. Se ei ollut välittänyt tehdä lähempää tuttavuutta. Yks lysti.

"Kato Dani, maalari maalaa taloa, sinistä ja punaista, illan tullen sanoo hän, muistatkos mitä hän sanoo?", tyttö leperteli pojalle. He olivat pysähtyneet kohdalleni. Minä vetelin isolla pensselillä. En punaista, enkä sinistä. Ukin talo oli keltainen

"En", vastasi poika topakasti.

"Eihän se Dani voi muistaa, kun näkee, ettei tällä maalarilla oo oikeita värejä, eiks vaan Dani?" minä huikkasin. Hyppäsin alas telineeltä ja tulin aidan viereen juttelemaan. Hitto, olipa söpö tyttö, ajattelin.

"Pojan nimi on Daniel? Hieno nimi!"

"Joo, kiitos. Se on Ruotsin prinssin mukaan", tyttö selvitti.

"Ai, onko siellä sellainen? Minä en tiedä kun sen Kalle Kustaan ja sen sen, mikä se nyt oli, joku Sylvi. En niin seuraa noita."

"Niin, miehet ei kai yleensä. Silvia se on. Kuningatar, tosi kaunis. Mutta tää Daniel oli ihan tavallinen heppu, joka sai prinsessansa, Niin kuin saduissa." Tyttö jatkoi jutusteluaan.

"Mielenkiintoista!", sanoin vaikka ajattelin, ettei vois vähempää kiinnostaa. Juteltiin siinä vähän aikaa Ja sitten tyttö jatkoi lapsensa kanssa matkaa minun kaihoisa katseeni naulittuna hänen mukavasti keinuviin pakaroihinsa.

Äiti mahtoi ihmetellä, kun seuraavana aamuna olin jo miltei kukonlaulun aikaan lähdössä ukille. Aamupalankin sanoin syöväni ukilla, joka olikin todella ilahtunut ahkerasta lapsenlapsestaan. Siinä olivat jo karjalanpiirakat ja munavoi valmiina ukin keittiön pöydällä, kahvit ja pari purkkia jugurttia.

"No huomenia!" huikkasi tyttö, kun hän taas ilmestyi vaunuineen. "Täällähän se maalarimestari jo ahkeroi!" Tällä kertaa kerrottiin jo nimetkin, hän kuului olevan Oona. Ei ollut sormuksia, tänään muistin senkin tarkistaa. Ja niinhän siinä kävi, että tulin kysäisseeksi, josko hän on vapaa, kun ei sormuksia näy. Ja että josko hän voisi valistaa minua vähän enemmän noista kuninkaallisista, kun niin tuntuu perillä olevan. Että vaikka jo tänään illemmalla. Hänelle sopi. Sopi kuulema

tosi hyvin. Hänen äitinsä olisi mielellään lapsen-
vahtina.

Sitten illalla Mäkkärissä hän innostui kyselemään meikäpojasta vähän enemmän, että millä alalla oikeasti olin, vaiko ihan työkseni taloja maalasin. Vähän kiusallista. Sanoin, että opiskelen it-alaa. Mielessäni tuskalin, että sinne kai oli sitten se yhteishaun hakemus heti huomenna laitettava. Sinne it-alalle. Varmaan pääsisin ja äitikin olis tyytyväinen. Töitä piisaisi.

   "Mitä sä oikeesti haluisit elämässä, jos voisit valita mitä vaan?" Oona kysyi sitten pehmistä lusikoidessaan. Ahaa, nyt alkoi filosofointi. Tyttöjen kanssa aina alkoi. Enhän mä tietenkään voinut totuutta sanoa, että olis nyt ainakin ensimmäinen tavoite päästä pehkuihin hänen kanssaan, loppua vois sitten miettiä toisella kertaa. Niinpä tyydyin vain sanomaan:

"Varmaan haluisin olla joku taiteilija, vaikka maalari tai kuvanveistäjä. Tai muusikko, räppäri. Mutta nyt ois kai realististisin toive saada opinnot putkeen. Kuulostaaks hölmöltä?"

"Eiku sikasiistiltä. Mäkin haluisin olla taiteilija. Kuuluisa. Tai ehkä malli."

Olin edellisiltana tuskaillut opiskeluhakemuksen kanssa. Äiti oli ihmetellyt, kuinka nyt yhtäkkiä olin niin päättäväinen. Onneksi äiti oli pakottanut hakemaan myös maalarilinjalle, koska it-linjalle mua ei hyväksytty. Oli peruskoulun päästötodistuksessa sen verran huonot numerot, ihan saletti johtuen siitä, että meidän matikan opettaja oli sairaan surkee, ei tiennyt opettamisesta mitään ja luokanvalvoja oli tosi vee-mäinen. Muutenkaan en tullut juttuun opettajien kanssa, siks ne kaikki antoi mulle huonommat arvosanat kuin muuten olisi tullut. No, se kävi sitten niin, että

loppukesästä mä maalasin Oonankin vanhem-
pien talon. Oonan isä maksoi paremmin kuin
ukki, mutta ukki – se kitupiikki – vetosi siihen,
että omaashan maalaat. Että muka talo tulis
mulle. Sanoin Oonalle, että olinkin nyt innostunut
tästä talonmaaluksesta niin paljon, että olin päät-
tänyt vaihtaa alaa. Onneks siihen uppos täydestä.
Jos tästä meidän jutusta jotain tulisi, voisin sit sa-
laa hakee myöhemmin uudestaan sinne it-linjalle
tai vaikka lentokoneasentajaks, se se ois kyllä aika
makee juttu. Keksin sen vasta, kun aloin selata
nettiä.

Koulu alkoi, pakko se oli mennä, kun nyt oli äidin
lisäksi tuo Oonakin. Oona kun lisäksi oli peräti
merkonomi. Tukkuliikkeessä töissä. Ei sitä olis
kehdannut olla vaan, jotain piti. Vähän se kyseli
sen it-alan perään, että mitenkä minä nyt silleen.
Selitin, että talojen maalaus oli kääntänyt pään.
Että ajattelin, josko itselliseks alkais ja hän sitten

hoitaisi ne toimistopuolen. Siis jos tästä meidän jutusta nyt.... .Oikeastaan koulussa ei ollut hullumpaa. Raskasta työtä, mutta liksat olisivat hyvät ja siinähän oli vähän niin kuin taiteilija. Värioppia ja kaikkea. Sellaista matikkaa, että sitä jopa ymmärsi. Minusta tulisi ammattimies, eikä mikään hanslankari.

Ja tulihan siitä meidän jutustakin jotain: jo ennen joulua Oona ilmoitti, että se on pieniin päin. Kumma juttu, se oli kiva uutinen. Tosi kiva. Minusta isä! Voitais asua ukin yläkerrassa, Oona, minä ja lapset. Meistä tulis perhe.

Mietin tätä, kun makoilin sohvalla ja katselin silmiä kattopaneeleissa. Iloisia, viekkaita, vihaisia, yllättyneitä. Oona istui nojatuolissa jalat käännettyinä alleen. Hän selaili puhelimestaan kiinalaisen verkkokaupan morsiuspukuja. Yksi katon silmäpareista näytti iskevän silmää. Minä iskin takaisin.

Sitä on liikkeellä

Kallio on korkea ja pudotus jyrkkä. Jos sen pääl

hyppäisi, osuisi kivikkoon ja kuolisi. Sattuisikoha

se, vai olisiko sitä jo tajuton alas tullessa? Kauhusta ja järkytyksestä. Niiltä, jotka ovat pudonneet tai hypänneet (tai ehkä pudotettu), niiltä ei enää voi tiedustella. Siis että sattuiko se? Vai tuliko kuolema niin, ettei ehtinyt tajuta kipua. Entä jos hyppäisi tuolta vähän kauempaa? Siellä näyttää meri olevan suoraan jyrkänteen alla. Pelastuisiko sitä, jos tulisi siinä matkalla katumapäälle, siis jos ehtisi sellaista pohtia? Vai hukkuisiko? Tai ehkä sielläkin on terävää kivikkoa pinnan alla. Tai ties mikä merihirviö, joka vetäisi syvyyksiin. Ei, ei voisi hypätä eikä myöskään hukkuminen kuulosta houkuttelevalta. Vaikka ne sanovat, että se on aika helppo kuolema. Siis ketkä sanovat? Nekö, jotka ovat hukkuneet? Tuskinpa vain. Ei veteen, eikä hyppyä korkealta. Sitä paitsi Aulilla on korkeanpaikan kammo. Kerran hän oli oikeassa pilvenpiirtäjässä, sillä Amerikan matkalla, huh, vieläkin tuntuu jalkapohjissa, kun muistaa sen tunteen, mikä alas katsoessa tuli. Tavalla tai toisella, mutta nyt hän ei enää jaksa. Siinä ne seisoisivat arkulla, Olavi ja Jenna. Asettelisivat kukkapuskaansa surun murtamina. Muka. Sukulaiset ja tuttavat lusikoisivat sitten muistotilaisuudessa voileipäkakkua ja kääretorttua ja ihmettelisivät siinä lomassa toisilleen, että mitenkä se nyt sillä tavoin, Auli. Mitenkä me ei mitään huomattu? Mitä Leena ajattelisi? Varmaankin vain sitä, herättäisikö hänen hattunsa ansaittua huomiota. Sisko oli niin tarkka vaatetuksestaan. Ja Markuksen veli laulaisi Äitini pien ja jokaisella olisi tippa silmäkulmassaan.

Auli huokaa ja sulkee läppärin. Windowsin houkutteleva maisemakuva Irlannin rantakallioilta katoaa. On laitettava perunat kiehumaan. Olavi tulee puolen tunnin päästä, Jennan ehkä saisi houkuteltua huoneestaan ruokapöytään irvistelemään ja erottelemaan salaatin osasia haarukallaan. Että hänellä pitääkin olla tuollainen perhe! Mies ei puhu, ei pukahda, ja tytär... Voi luoja, kun sen joskus saisi aikuiseksi ja omilleen. Siihen on vielä ikuisuus! Yläkoulu vasta puolessa välissä, murrosikä pahimmillaan! Mikään muu ei kiinnosta kuin meikkaaminen ja bändit. Räppäreitten konsertteihin pitää päästä kuolaamaan, sinne lavan reunalle. Koulu menee jotenkuten, tai jos suoraan sanoo, aika huonosti, ainakin jos vertaa sisaren poikaan Jereen. Jerellä tuntuu kymppejä piisaavan! Geeneissä perinyt, ei heidän puoleltaan, vaan isältään, onhan Leenan mies oikein akateeminen! Kai Markuksella on sitten sitä järkeä päässään, ainakin se tuntuu aina tuovan tietämistään ja osaamistaan esille. Oikea besserwisser ja joka-alan asiantuntija. Ja Leena sen kun ihailee! Kyllä niillä kelpaa!

Auli nostaa salaattitarvikkeet ja Lidlin jauhelihapihvit jääkaapista pöydälle. Tyttö voisi kyllä osallistua ruoanlaittoon, mutta ei hän jaksa nyt sen kanssa alkaa taistella. Tietysti sillä on olevinaan läksyjä. Auli menee kylpyhuoneeseen, pitää nyt sentään vähän kaunistautua. Jaa, että ketä varten, Olaviako? Se nyt ei noteeraisi, vaikka hän päällään seisoisi. Peilistä katsoo väritön olento, silmäpussit ja suupielen juonteet. Ylähuulen kaaren rikkovat selvästi pienet poikkiviivat. Hyvä luoja, nytkö jo! Hapan ilme. Auli muistaa joskus lukeneensa, että hymyilemiseen tarvitaan paljon vähemmän lihaksi kuin vihaiseen ilmeeseen. Mutta hymyä hän ei nyt jaksa millään lihaksilla kasvoilleen pukea. Ei hän tosin vihaisenkaan näköinen ole, vain väsyneen ja vanhan. Alistuneen, alistetun. Ja happamen, sitä ilmettä hän ei jaksa karistaa kasvolltaan. Ei tänään, eikä muutenkaan nykyisin. Jos nyt on mittarissa vähän yli neljäkymmentä, millainen peilikuva olisikaan, kun hän olisi seitsemänkymmenen. No, sitä huolta ei ole. Ei olisi enää peilikuvaa. Ei olisi mitään seiskytvuotispäivää. Kukaan ei silloin enää muistaisi häntä. Olavi tulee ovesta juuri samaan aikaan, kun Aulin puhelin soi. Mies nakkaa salkkunsa eteisen pöydän viereen ja Auli on kuulevinaan jonkinlaisen tervehdykseksi tarkoitetun murahduksen, kun mies ripustaa takkiaan henkariin. Hän itse vastaa puhelimeen. Leena-sisko se siellä soittelee. Siskokulta.

"Kuule, eihän teillä ole mitään ensi lauantaina", Leena tiedustelee ja sen sijaan, että olisi ollut etsivinään kalenteriaan, Auli tulee vastanneeksi, että ei, ei heillä mitään erikoista ole. Samalla hän tajuaa, että on jo liian myöhäistä, mitä hän nyt enää voisi keksiä! Että pitääkin olla näin typerä, olisi pitänyt tajuta heti, Auli harmittelee, kun Leena kutsuu heidät juhlistamaan Markuksen nimitystä firmansa toimitusjohtajaksi. "Päätettiin kutsua vain Keinoset, Siltaset ja teidät! Ihan vain näin intiimisti, pienellä porukalla. Juhlivat sitten siellä Markuksen firmassa erikseen", Leena toimittaa. Jaa, että myös Keinoset ja Siltaset, se se vielä puuttuu. Rouva Keinonen on oikein nousukkaiden kuningatar, täynnä itseään ja lapsiaan ja Siltaska kellui sujuvasti siinä vanavedessä. Maahantuontifirman omistajapari. Eikä mitään halpatuontikamaa idästä vaan juomia ja ruokatarvikkeita Etelä-Euroopasta! Luksustavaraa. Kyllä kelpasi, se lauantai olisi sitten pilalla ja sen myötä tulevaisuuskin pitkälle. He kyllä tuntisivat nahoissaan, ketkä niillä kutsuilla olisivat paaria-luokkaa! Nyt oli vasta tiistai. Tässä varmaan ehtisi kehittää kunnon taudin lauantaiksi. Olaville sydänkohtaus? Hänelle itselleen keuhkokuume?

"Voi, miten ihanaa, oikein mielellään, kiva. Teillä on aina niin hauskat juhlat ja onhan toki Markus ylennyksensä ansainnut ja sitä kannattaakin juhlia!" Auli vastasi, yrittäen kuulostaa innostuneelta. Samalla hän irvisti Olaville, kertoen ilmeellään, että oli jotain ikävää tiedossa. "Tai odotas vielä Leena..., Olavi, eihän meillä ollut mitään..."

Leena jatkoi toisessa päässä lirkutteluaan, kyseli kuulumisia, ihan kuin olis muka ollut pennin vertaa kiinnostunut. "Voi kiitos, eihän tässä erikoista, ihan hyvin, ihan hyvin Jennalla menee. Niin, tietäähän sen, niillä nuorilla on nykyisin..." Auli aloitti, mutta Leena keskeytti kertoakseen, että Jere oli saanut juuri tänään ranskan kokeesta kymppiplussan. "Ajattele, oikein plussa oli siinä perässä! Eikä poika taida paljon läksyistä piitata, mutta osaa varmaan sitten tunnilla keskittyä, on tullut isäänsä. Markushan on aina ollut hyvä kuuntelija, tekee sitten oivaltavan analyysin…Niin, mehän kaikki tiedetään hänet. Juu, ja viime viikolla fysiikasta tuli Jerelle ysi, sekös sitä harmitti. Kuulema VAIN ysi. Minä sanoin, että kasikin olisi kelvannut, mutta ei ei, poika on niin kunnianhimoinen. Pettynyt oli, voitko kuvitella. Mutta hyvähän se vain on, vaikka toisaalta täytyy muistaa elääkin. Onneksi Jerellä on aika laaja kaveripiiri, parhaan ystävän vanhemmat on molemmat kirurgeja, ajattele molemmat! Onhan se hieno ammatti, vaatii paljon, mutta tokkopa vanhemmat sitten niin hirveästi jaksavat lapsiinsa enää keskittyä. Minä olen sanonut, että Tuomas saa tulla tänne meille milloin vain tahtoo, jos vanhemmat eivät ehdi ja jaksa… Meillä on lääniä ja ruokaa riittää kyllä kavereillekin…", Leena sirkutteli. Tai kehuskeli. Pröystäili, tapansa mukaan. Aulia korpesi pahanlaisesti.

"Kuule, kiitos sitten vaan kutsusta, minulle tuolla liedellä kukko viinissä taitaa vaatia nyt huomioni. Ja kun on vähän sellainen flunssan tuntu. Toivottavasti vaan en tule kipeäksi, se olisi nyt tosi harmi, kun on pitkästä aikaa kivat juhlat tiedossa!"

"Nyt otat finrexiä ja sitten oli joku uusi imeskeltävä tabletti, mikäs se nyt olikaan. Joko olette rokotukset ottaneet? Kannattaa ottaa. Vaikka ihan sellainen keuhkokuumerokotus, tiesitkö, sellainenkin on nykyisin olemassa. Juu, on on. Ja sita tavallista flunssaa tuntuu nyt olevan kovasti liikkeellä, vähän joka toisella on. Nyt pidät vain huolen, sisko rakas, että lauantaina olet kunnossa. Että molemmat olette!" Mitä enemmän Leena puhui, sitä enemmän Aulista tuntui, että hänelle oli juuri kehittymässä keuhkoputkentulehdus. Eiköhän se lauantaiksi siitä jo keuhkokuumeeksi ehtisi. "Ja mitä muuta? Onko kaikki hyvin?

Kuulostat vähän... väsyneeltä." Vai niin, niin kuin sisko oikeasti olisi kiinnostunut. "No, ei tässä mitään, vähän masentaa tai en tiijä, ahistaa", Auli myönsi. "Mä oon viime aikoina niin paljon miettinyt tätä elämän sur...."Sisko naurahti toisessa päässä: "Voi voi. Sitäkin on tuntuu kovasti olevan liikkeellä, kaiken maailman masennusta, trendijuttu! Mutta lauantaina sitten unohdetaan murheet! Tervetuloa joskus seitsemän hujakoilla."

Auli lopetti puhelun ja meni keittiöön. Sitten hän kurkisti olohuoneeseen. Olavi oli jo asettunut pitkälleen sohvalle, kuten aina töistä tullessa. Ristinyt kätensä rinnalleen. Silmät kiinni, rentoutumishetki, ei saan häiritä. Auli huokasi äänettömästi. Kukko viinissä oli taas muuttunut Lidlin jauhelihapihveiksi. Hyvin kelpasi Olaville, joka ei aterioidessa muistanut katsoa ollenkaan Aulia, saati, että hänellä olisi ollut mitään kerrottavaa tai kysyttävää. Auli yritti vähän, säästä ja liikenteestä. Ja tietysti Leenan ja Markuksen kutsuista. Olavi murahti jotain, josta Auli ei ottanut selvää. Jennalla ei taaskaan ollut nälkä. Nousi pöydästä, vei lautasensa sentään tiskipöydälle, koneeseen asti ei jaksanut, eikä kiitosta muistanut sanoa.

Uutisten jälkeen Auli meni taas koneelleen. Voisi vaikka katsoa jonkun musiikkivideon. Windowsin kansikuva oli muuttunut leveän joen yli kaareutuvaksi sillaksi. Kaunis maisema, niin kuin aina. Sillan yli menevä tie kiemurteli vehmaiden peltojen syliin jonnekin kauas. Millaistahan tuolta sillalta olisi hypätä, Auli mietti huomaamattaan. Mahtaako joki olla tuossa kohdassa syvä? Onkohan siinä kiviä alla? Yllättäen Auli huomasi silmiensä kostuvan.